Doris Dörrie

Kirschblüten

Hanami

Ein Filmbuch

Diogenes

Mit Fotos von Mathias Bothor,
Patrick Zorer, Hanno Lentz, Kerstin Stelter
Fotolayout Till Kaposty-Bliss

Umschlagbild von Katja Clos nach einem Foto
von Hanno Lentz

www.diogenes.ch
40/08/52/1
ISBN 978 3 257 06657 9

Inhalt

Kirschblüten

Die Fotogeschichte

Das ist die Geschichte von Rudi …

... und Trudi

Es ist eine Liebesgeschichte, obwohl sich dic beiden in den letzten Jahren ihrer über dreißigjährigen Ehe nicht mehr viel zu sagen haben. Nicht, weil sie sich nicht mehr verstünden, sondern weil sie so sehr aneinander gewöhnt sind, dass sie glauben, alles voneinander zu wissen.

Seit über dreißig Jahren leben sie in einem kleinen Ort im Allgäu.

Rudi geht Tag für Tag in seine Arbeit bei der Kreisverwaltung, Abteilung Abfallentsorgung, und wartet auf seine Pensionierung. *Dann,* denkt er sich. *Ja, dann.*

Und dann wird Rudi krank. So krank, dass man seiner Frau überlässt, ihm die schlechten Nachrichten zu überbringen – oder auch nicht. Eine kleine, letzte Reise, schlagen die Ärzte vor, soll sie mit ihm machen, ein kleines Abenteuer.

Mein Mann, sagt Trudi, *mag keine Abenteuer. Ihm ist es am liebsten, wenn sich nichts verändert. Nie. Nichts. Gar nichts.*

Trudi sagt Rudi nichts und erstickt fast daran. Jede Minute ist von jetzt an gezählt. Soll sie sie ihm noch als unbelastete, vielleicht sogar ab und an glückliche Momente lassen – oder soll sie sein Scharfrichter werden?

Die Eintagsfliege:
Halt ein! Was willst du tun? Sie morden?
Grausame! Weißt du, was du tust?
Ein Tag ist ihr zuteil geworden.
Ein Tag des Leids. Ein Tag der Lust.
O lass sie leben, lass sie schweben,
bis ihre Feierstunde schlug.
Ihr Himmel ist ein Eintagsleben.
Ihr Paradies ein Abendflug.

Trudi beschließt, mit Rudi nach Berlin zu fahren, damit er seine Kinder Klaus und Karolin und seine Enkelkinder noch einmal sieht. Karl wird er wahrscheinlich nie mehr sehen, denn er lebt in Tokio. Aber keins der Kinder hat Zeit für die Eltern.

Karolin lebt mit ihrer Partnerin Franzi zusammen und betreibt mit ihr ein Möbelgeschäft.

Klaus ist Politiker, seine Frau Emma arbeitet in einer Redaktion, alle haben zu tun und wissen nicht, was sie den ganzen Tag mit den Eltern anfangen sollen.

Trudi: *Bist du müde?*
Rudi: *Nein, eigentlich nicht.*
Trudi: *Ich freu mich, dass es den Kindern gutgeht.*
Rudi: *Mm.*
Trudi: *Komisch, wie die Erinnerung funktioniert. Ich kann mich so genau dran erinnern, wie sie waren als kleine*

Kinder, aber jetzt weiß ich einfach nicht mehr, wer sie sind.
Rudi: *Bist du enttäuscht von deinen Kindern?*
Trudi: *Ich erkenne sie einfach nicht recht wieder.*
Rudi: *Alle sind gesund.*
Trudi (nach einer Pause): *Ja.*
Rudi: *Man darf nicht zu viel erwarten.*

Trudi: *Ich wollte immer mit Rudi zusammen nach Japan fahren. Einmal den Fuji sehen. Die Kirschblüte. Mit ihm. Denn ohne meinen Mann etwas zu sehen, kann ich mir gar nicht vorstellen. Das wäre so, als hätte ich es gar nicht wirklich gesehen. Wie soll ich denn leben ohne meinen Mann?*

Trudi geht in Berlin in eine Tanzvorstellung des berühmten Butoh-Tänzers Tadashi Endo, weil sie selbst, bevor sie geheiratet hat, Butoh-Tanz studiert hat, immer mal nach Japan wollte, wofür sich aber niemand in der Familie je sonderlich interessiert hat. Rudi war dieser japanische ›Ausdruckstanz‹, wie er es nennt, immer eher peinlich. Er geht auch in Berlin nicht mit.

Rudi möchte heim. Die Kinder haben ja doch keine Zeit. Trudi schlägt vor, doch noch an die Ostsee zu fahren. Vielleicht möchte er noch einmal das Meer sehen, denkt sie.

Rudi: *Möchtest du denn ans Meer?*
Trudi: *Und du? Möchtest du?*
Rudi: *Wenn du unbedingt willst.*
Trudi: *Aber was willst denn du?*
Rudi: *Ich mache doch immer, was du sagst.*

Rudi: *Das Meer ist auch nicht mehr das, was es mal war.*
Trudi (lacht): *Immer hast du was zu meckern.*
Rudi: *Lass uns morgen früh aufstehen und am Strand lang spazieren.*
Trudi: *Du willst dich bewegen? Das ist ja wunderbar.*

Rudi (unvermittelt): *Ich möchte mal, dass meine Asche ins Meer gestreut wird.*
Trudi (erschrocken): *Warum sagst du so was?*
Rudi: *Nur so. Denkst du nie darüber nach?*
Trudi: *Rudi ...*
Rudi: *Du hast recht. Man sollte nicht daran denken.*

Trudi (sehr vorsichtig): *Angenommen, wir hätten nicht mehr so viel Zeit, was würdest du dann gern tun?*
Rudi: *Ach, dieser Satz: Leb jeden Tag so, als wäre es dein letzter! Ist doch Quatsch.*

Was sollte ich denn anderes tun? Ich sag dir, was ich tun würde: Ich würde morgens in die Arbeit gehen und abends zu dir nach Haus kommen. Das würde ich tun.

Am nächsten Morgen wacht Trudi nicht mehr auf.
Einfach so.

Die Kinder reisen an.

Auch Karl aus Tokio.

Keins der Kinder hat damit gerechnet, dass die Mutter zuerst sterben und sie mit ihrem Vater allein lassen würde. Sie finden das einfach nicht fair. Wer soll sich jetzt um ihn kümmern?

Das ist nicht fair.

Allein kehrt Rudi zurück ins Allgäu.

Seine Kinder haben keine Zeit, sich um ihn zu kümmern.

Nur Franzi besucht ihn.

Ihr zeigt Rudi Fotos von einer Trudi, wie sie keiner kannte.

Trudi, wo bist du denn nur…

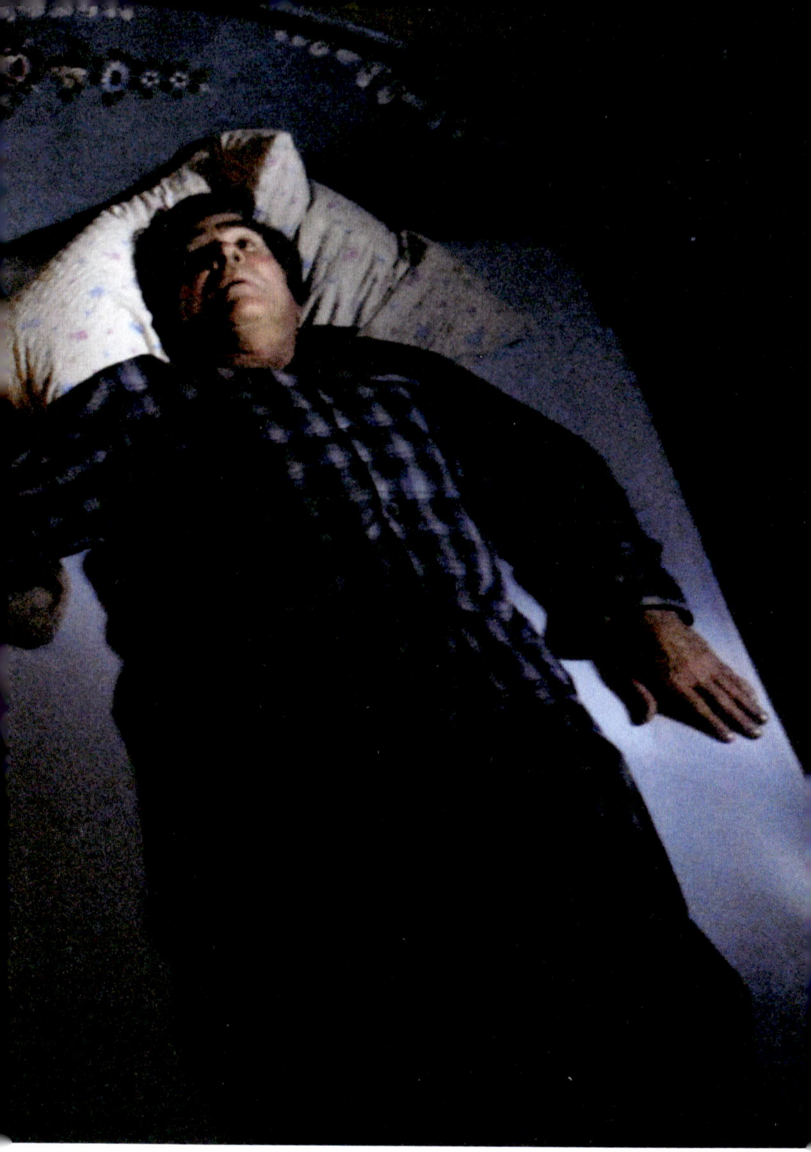

… wo bist du jetzt nur?

Wenn Trudi Japan nie gesehen hat, die Kirschblüte nicht

und auch den Fuji nicht, wird Rudi es jetzt für sie sehen.

くら
大特価!

くさん!
2,900円で
メール送受信
料
B1

Karl ist über den Besuch des Vaters wenig begeistert.

Was soll er mit ihm in Tokio denn machen?
Er hat keine Zeit.

Karl muss arbeiten, er kann auf seinen Vater in der großen Stadt nicht aufpassen.

パチンコ
エスパス
日拓
注目の話題作
先行導入
133
新宿

アコム
北の家族
セラヴィグループ

ODAKYU
本館

Beinahe geht Rudi in Tokio verloren.

LOW

FREE
HUGS

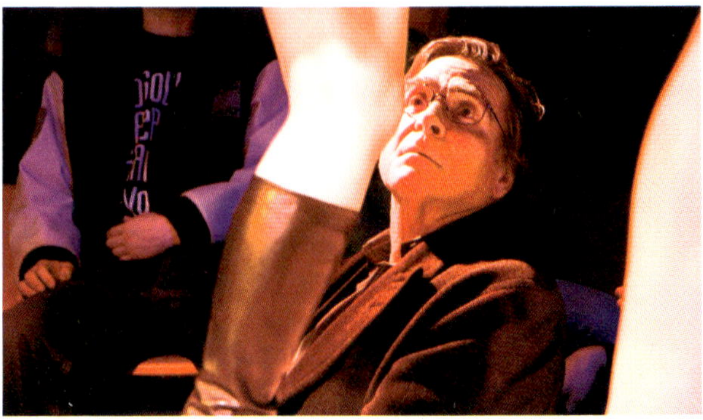

JAPAN
JAPANESE GOVERNMENT RAILWAYS

RUDI ANGERMEIER
ルディ アンゲマイアー
080 5476587

Karl nimmt den Vater mit zum Kirschblütenfest, Hanami.

Eines Tages lernt Rudi die junge Butoh-Tänzerin Yu kennen.

Sie bringt ihm die Grundbegriffe von Butoh bei und kümmert sich um ihn …

… wie sich sonst niemand um ihn kümmert.

目黒川桜まつり

目黒川桜まつり
ミニストップ
青葉台2丁目店

Mit Yu fährt Rudi zum Fuji.

GALLIA

Er zeigt seiner Frau den Berg, den sie immer sehen wollte.

ゴミは
お持ち帰り下さい!

Und vor dem Mount Fuji macht Rudi Trudi seine letzte große Liebeserklärung.

RUDI ANGERMEIER
ルディ アンゲマイアー

Kirschblüten

Das Drehbuch

Personen

TRUDI und RUDI. Beide in ihren Mittsechzigern.
Ihre Kinder:
KLAUS, 32 – verheiratet mit EMMA, 2 Kinder: ROBERT, 5 und CELINE, 7
KAROLIN, 29 – lebt mit ihrer Freundin FRANZI
KARL, 28 – lebt in Tokio

1. Bilder vom Mount Fuji, alte Drucke, zum Teil von Hokusai.

Darüber die Titel.

TRUDI (off): Ich wollte immer mit ihm zusammen nach Japan fahren. Einmal den Fuji sehen. Die Kirschblüte. Mit ihm. Denn ohne meinen Mann etwas zu sehen, kann ich mir gar nicht vorstellen. Das wäre so, als hätte ich es gar nicht wirklich gesehen.

Überblendung in ein Szintigramm (Röntgenaufnahme des Skeletts).

2. Arztpraxis. Innen. Tag.

Trudi starrt schweigend ein Szintigramm von Rudi in ihren Händen an. Ihr gegenüber sitzen zwei ebenfalls betreten schweigende Ärzte. Der ältere malt auf einem Rezeptblock herum, der zweite putzt verstohlen mit dem Strumpf des einen Fußes seinen Lederschuh.

ÄLTERER ARZT: Wir wollten zuerst mit Ihnen sprechen. Ihnen die Entscheidung überlassen, ob Ihr Mann seine Diagnose verkraften würde ... jeder reagiert anders ...

ZWEITER ARZT: Jeder Krankheitsverlauf ist anders. Es kann sein, dass Ihr Mann lange keine Symptome verspürt ...

ÄLTERER ARZT: Sie sollten sich überlegen, ob Sie nicht noch etwas zusammen unternehmen wollen ... eine Reise ... ein kleines Abenteuer ...

Er verstummt. Trudi starrt ihn an.

Trudi (off): Mein Mann hasst Unternehmungen. Reisen. Abenteuer. Ihm ist es am liebsten, wenn sich nichts verändert. Nie. Nichts. Gar nichts. Jeden Tag fährt er um 7.28 mit dem Zug von Schongau nach Weilheim in die Kreisverwaltung.

3. Pendlerzug. Innen. Tag.

Rudi sitzt im Zug, liest die Zeitung, tauscht sie, ohne zu sprechen, mit seinem Nachbarn, seinem Kollegen Zafer, der anscheinend jeden Tag neben ihm sitzt und mit ihm dieses kleine Ritual vollzieht.

4. Büro. Innen. Tag.

In einem Allerweltsbüro des Landratsamts der Kreisstadt, Abteilung Abfallbeseitigung, sitzt Rudi an seinem Schreibtisch. An der Wand hängt ein Plakat, das die Mülltrennung erklärt. Rudi tippt langsam in einen Computer, ihm gegenüber Zafer, der zehnmal so schnell schreibt.

Trudi (off): Früher war er auf dem Passamt, jetzt ist er Hauptabteilungsleiter bei der Abfallbeseitigung, in den letzten zwanzig Jahren war er nur eine einzige Woche krank. 1991. Grippe mit Mittelohrentzündung. Pünktlich um ein Uhr isst er sein Brot, das ich ihm morgens schmiere und seinen Apfel. *An apple a day keeps the doctor away*. Das sagt er jeden Morgen.

Rudi packt sein Brot aus, wirft Zafer gegenüber wie anscheinend jeden Tag den Apfel zu, der ihn blind fängt und isst.

5. Bahnhof. Außen. Tag.

Die Hochspannungsleitungen des Zugs. Die Landschaft. Ein Pendlerzug fährt ein. Die Leute kommen von der Arbeit in der Kreisstadt, unter ihnen Rudi.

TRUDI (off): Um 18.20 Uhr kommt er nach Hause.

6. Dorf. Straße. Außen. Tag od. Abenddämmerung.

Rudi kommt mit Aktentasche die Straße in einem Dorf im Allgäu entlang, grüßt im Vorbeigehen eine Nachbarin. Er schließt seine Haustür auf.

Trudi beobachtet ihn bereits durch das Fenster. Sie setzt entschlossen ein heiteres Gesicht auf.

7. Haus Angermeier. Innen. Tag od. Abenddämmerung.

Rudi hängt seinen Hut auf, Trudi nimmt ihm den Mantel ab, er zieht seine Schuhe aus, seine Hausschuhe an, Trudi nimmt ihm seine Anzugjacke ab, gibt ihm seine Strickjacke. Ein eingespieltes Ritual.

TRUDI: Wie war dein Tag?

RUDI: Mm. Und deiner?

TRUDI: Mm.

8. Haus Angermeier. Garten. Außen. Abenddämmerung.

Rudi steht im Garten und recht alte Blätter zusammen oder schneidet Äste etc. Trudi steht unsicher, mit untergeschlagenen Armen neben ihm. Sie weiß nicht, ob sie mit ihm sprechen soll oder nicht.

Rudi (murmelt vor sich hin): ... alles von der Esche von den Sandlers. Die Laubbeseitigung sollte ich denen in Rechnung stellen. Die werden die Esche fällen müssen ... unser Rasen vermoost. Meine Narzissen kriegen keine Sonne. Da gibt es ein Gesetz. Du musst dafür sorgen, dass dein Baum keinen Schatten wirft. Auf jeden Fall nicht so einen großen. Was ist? Ist was?

Trudi schüttelt den Kopf. Rudi arbeitet weiter.

Trudi (off): Um 19.30 Uhr essen wir zu Abend, um acht sehen wir die Tagesschau, gegen elf gehen wir ins Bett. Ich habe mich an dieses Leben mit ihm gewöhnt. Nur manchmal, da kommt er mir vor wie ein Schlafwandler, dessen wirkliches Leben ganz woanders stattfindet. Aber wo soll das sein?

9. Haus Angermeier. Wohnzimmer. Innen. Nacht.

Abendessen. Trudi sieht Rudi zu, wie er isst. Die beiden sehen fern. Trudi blickt ihren Mann bekümmert von der Seite an. Er freut sich an irgendeiner dummen Sendung, sieht auf die Uhr.

Rudi: Es ist Dienstag. Du musst doch los.

Trudi schüttelt den Kopf.

Rudi: Was ist los?

Trudi schweigt.

Rudi: Fühlst du dich nicht gut?

Trudi schüttelt den Kopf.

Trudi: Ich wollte dich nicht allein lassen.

Rudi schüttelt den Kopf, versteht nicht, was sie meint. Er steht auf, kommt mit ihrem Mantel zurück und hält ihn ihr hin.

Rudi: So geht das nicht, junge Frau. Ich hatte mich schon auf meinen freien Abend gefreut.

Er pufft sie, bis sie aufsteht. Hilft ihr in den Mantel. Knöpft ihr fürsorglich den Mantel zu, was Trudi nicht erträgt.

Rudi: Jetzt geh hübsch deine alten Knochen schwingen.

Sie geht. Blickt im Flur zurück, sieht ihn allein im Wohnzimmer sitzen.

10. Gymnastikstudio. Innen. Nacht.

Trudi in der Gymnastik mit anderen Frauen ihres Alters. Die Gymnastiklehrerin geht herum und korrigiert.

11. Haus Angermeier. Wohnzimmer. Außen. Innen. Nacht.

Rudi sitzt allein vorm Fernseher. Er ist eingeschlafen. Es ist, als würde er von der tanzenden Trudi träumen. Sie kommt nach Hause. Sieht ihn von außen durchs Fenster. Im Haus. Sie kommt besorgt näher. Geht es ihm gut? Er blinzelt.

Rudi: Bist du schon wieder zurück?

12. Haus Angermeier. Schlafzimmer. Innen. Nacht.

Rudi schläft selig, Trudi liegt neben ihm, betrachtet ihn voller Sorge und Angst. Neben ihrem Bett hängt ein Bild vom Fuji. Sie steht leise auf, zieht sich einen Kimono über, geht ins Wohnzimmer zum Telefon. An der Wand hängt eine vergilbte Telefonliste mit den diversen Telefonnummern ihrer Kinder. Sie wählt eine lange Nummer, bekommt den Anrufbeantworter ihres Sohns Karl. Erst auf Japanisch, dann auf Deutsch. Sie zögert.

TRUDI: Karl? Hier ist Mama. Ich ... ich wollte ... es ist ... (sie unterbricht sich) ... es ist alles in Ordnung. Bis bald.

Sie legt schnell auf, macht das Licht aus, sitzt im Dunkeln und bewegt sich nicht.

13. Allgäu. Dorf. Außen. Tag.

Dorfleben. Eine alte Frau fegt die Straße. Ein paar Jugendliche hängen am Brunnen herum. Ein Kind fährt mit einem roten Plastikauto an die Wand. Auf dem kleinen Friedhof hüpfen die Krähen herum und zanken sich um die Abfälle. Eine Mutter hängt Wäsche im Garten auf.

14. Tegelberg. Außen. Tag.

Trudi und Rudi sitzen auf einem Gipfel und betrachten die Alpenkette vor sich. Man sieht sie von hinten. Trudi legt den Arm um Rudi.

RUDI: Der Fuji ist am Ende auch nur ein Berg.

Trudi: Aber wir könnten Karl besuchen.
Rudi: Es ist billiger, wenn er uns besucht.

15. Haus Angermeier. Innen. Tag.

Trudi sortiert Pillen in eine Wochenpackung für Rudi ein. Sie packt zwei Koffer. Einen für sich und einen für Rudi. Sie legt sorgfältig jedes seiner Kleidungsstücke zusammen. In ihren Koffer packt sie ihren Kimono, ihre Lieblingsstrickjacke, in der sie immer herumläuft und die eigentlich viel zu groß und schlottrig für sie ist. Sie bügelt Taschentücher für Rudi, legt sie in seinen Koffer.

16. Metzgerei. Innen. Tag.

Die Fleischtheke mit rohem Fleisch. Die Metzgerin Frau Wohlfahrt gut gelaunt. Rudi kauft zwölf Paar Weißwürste.

Rudi: In Berlin gibt's bestimmt keine gscheiten Weißwürste.
Frau Wohlfahrt: Besuchen Sie Ihre Kinder?
Rudi: Alle. Außer natürlich Karl.
Frau Wohlfahrt: Der ist doch in China, gell?
Rudi: Japan.

17. Straße. Dorf. Außen. Tag.

Rudi und Trudi gehen mit zwei Koffern und der Kühltasche die Straße entlang zum Bahnhof. Wieder fegt die

Nachbarin die Straße. Sie nicken ihr zu. Wir entfernen uns vom Haus, leer liegt die Straße da.

18. Im Zug. Innen. Tag.

Eine Fliege sitzt auf der Fensterscheibe. Hinter ihr fliegt die Landschaft vorbei.

RUDI: Gibt's nichts zu essen?

Trudi holt kopfschüttelnd die Brotzeitbox, die sie ihm sonst für die Arbeit packt, heraus. Er öffnet sie, nimmt den Apfel raus.

TRUDI: Wir sind doch kaum fünf Minuten unterwegs.

RUDI: *An apple a day keeps the doctor away.* Magst du ihn?

Trudi schüttelt den Kopf.

RUDI: Ich esse ihn später.

Cut to:
Rudi schläft, Trudi betrachtet ihn, sie setzt ihre Sonnenbrille auf, obwohl keine Sonne scheint. Tränen rinnen unter ihrer Sonnenbrille über ihre Wangen.

19. Lehrter Bahnhof Berlin. Innen. Außen. Tag.

Gewimmel. Reisende. Züge. Trudi und Rudi suchen sich verwirrt ihren Weg, sehen sich immer wieder nacheinander um, um sich im Gewimmel nicht zu verlieren. Klaus holt sie ab.

20. Doppelhaushälfte Klaus. Innen. Tag.

Ein gedeckter Kaffeetisch. Klaus' Frau Emma staubsaugt die Wohnung. Sohn Robert und Tochter Celine sitzen ungerührt auf dem Teppich und spielen ein Videospiel. Emma saugt um sie herum.

EMMA: Könnt ihr euch vielleicht wenigstens mal erheben?

Es klingelt.

EMMA: Da sind sie! Macht jetzt aus! Ihr habt es versprochen!

Sie läuft zur Tür. Ein Taxi fährt vor, Klaus und die Eltern steigen aus. Sie werden von Emma begrüßt. Alle kommen herein, stehen ein bisschen dumm herum, die Kinder werden aufgefordert, ihre Großeltern zu begrüßen, das Videospiel endlich auszumachen. Maulend erheben sie sich vom Teppich, der Kleine läuft weg, als Trudi ihn küssen will, alle lachen.

Cut to:

Die Eltern sitzen auf der Couch, die Enkelkinder spielen weiter ihr Videospiel. Emma macht es aus, sie machen es wieder an. Emma streitet mit ihnen.

TRUDI: Lass sie ruhig.

Alle schweigen. Laut sind die Töne des Spiels zu hören.

RUDI: Entschuldigt den Überfall. Mama hatte den plötzlichen Drang, euch alle zu besuchen. Einen nach dem anderen.

EMMA: Auch Karl? Das ist ja wunderbar!

Trudi schüttelt den Kopf.

EMMA: Aber warum denn nicht? Das wäre doch schön!

Rudi: Mm. Vielleicht nächstes Jahr. Wenn ich pensioniert bin …

Trudi sieht sehr traurig aus, merkt es selbst, reißt sich zusammen, lächelt, tätschelt Rudi das Knie. Schweigen. Videospielgeräusche. Klaus nimmt den Kindern den Joystick weg, macht den Fernseher aus. Die Kinder protestieren. Robert wirft sich auf die Erde. Celine macht den Fernseher wieder an. Klaus schimpft.

Trudi: Lass sie doch.

Klaus: Mama, misch dich bitte nicht ein.

Das Schweigen wird ungemütlich.

Emma: Karo müsste längst da sein.

Schweigen. Trudi steht auf, beugt sich zu den Kindern.

Trudi: Zeigt ihr mir, wie das geht?

Celine: Oma, das kapierst du nicht.

Trudi lächelt hilflos. Es klingelt. Emma springt dankbar auf und läuft zur Tür. Die Schwester von Klaus, Karolin, kommt.

An der Haustür:

Karolin: Wieso kommen sie einfach so? Aus heiterem Himmel? Wie lange bleiben sie?

Emma: Das haben sie nicht gesagt.

Karolin: Ich hab überhaupt keine Zeit.

Emma: Glaubst du, wir?

Karolin geht ins Wohnzimmer, Emma seufzend hinter ihr her.

Cut to:

Alle sitzen um den Kaffeetisch herum. Rudi holt aus der Kühltasche die Weißwürste.

Trudi: Rudi. Nicht jetzt.

Rudi: Aber die müssen in den Kühlschrank.

Er verteilt die Würste unter seinen Kindern.

KAROLIN: Danke, Paps. Ich bin seit sechs Jahren Vegetarierin.

EMMA: Aber wir lieben Weißwürste. Gib mir deine, Karo. Aber wir dürfen sie nur bis mittags um zwölf essen, ist das nicht so?

RUDI: Nein, nein, die müssen heute Abend noch weg.

EMMA: Ach so. Gut. Dann gibt es heute Abend Weißwürste.

TRUDI: Erzählt mir was von euch.

EMMA: Tja. Viel Neues gibt es eigentlich nicht. Ich arbeite wieder in der Redaktion. Halbtags.

TRUDI: Hauptsache, man sitzt nicht nur zu Hause.

Karolin lacht laut. Emma sieht sie irritiert an.

KAROLIN: Mama, dass ausgerechnet du das sagst.

TRUDI: Wieso?

KAROLIN: Nur so.

EMMA: Wollt ihr euch vielleicht noch ein bisschen hinlegen vorm Abendessen?

RUDI: Hm.

KLAUS: War doch 'ne lange Reise.

Er steht auf und beendet damit den Kaffeeklatsch. Zögernd stehen Rudi und Trudi auf.

Im Zimmer von Celine.

Karolin trägt die Koffer. Celine kommt mit.

TRUDI: Ach, meine arme Celine. Jetzt nehmen wir dir dein Zimmer weg.

Celine sieht auch sehr beleidigt aus. Karolin knufft sie.

CELINE: Ist schon okay.

In der Küche: mit Klaus. Emma packt die Würste aus.

EMMA: Was mache ich denn zu den Weißwürsten dazu?

KLAUS: Ich könnte Brezn holen, aber keine Berliner Brezn wird die Gnade meines Vaters finden.

EMMA: Ich finde sie so eklig. Wie Würste im Kondom …

KLAUS: Er hat sie nur mitgebracht, weil er Angst hat, er muss bei uns was Seltsames, Exotisches essen.

EMMA: Nein, ich glaube, er wollte dir eine Freude machen.

KLAUS: Mein Vater?

Im Kinderzimmer: Karolin hilft Trudi, ihre Sachen aufzuhängen. Rudi ist im Badezimmer. Celine probiert den Kimono ihrer Großmutter an.

TRUDI: Hast du von Karl gehört?

KAROLIN: Er schickt mir immer seine Reiserouten als E-Mail. Shanghai, Peking, Singapur, Tokio … er ist ja dauernd unterwegs.

TRUDI: Sprichst du mit ihm?

KAROLIN: Ne. Er hat ja doch nie Zeit.

TRUDI: Das stimmt. Und die Zeitverschiebung macht es so schwer, ihn anzurufen. Aber ich finde es traurig, wenn ihr Kinder nicht miteinander sprecht.

KAROLIN: Tja.

TRUDI: Ach, Karo. Geht es dir gut?

KAROLIN: Ja!

TRUDI: Man darf doch wohl noch fragen.

KAROLIN: Aber nicht gleich mit so ’ner zittrigen Stimme: (macht sie nach) Geht es dir gut?

TRUDI (schreit): Geht es dir gut?

Rudi kommt aus dem Bad.

RUDI: Geht's euch gut?

Karolin und Trudi lachen. Celine versteht nicht, um was es geht.

21. Doppelhaushälfte Klaus. Terrasse. Außen. Tag.

Vorstadtidylle – eine winzige Terrasse, ein winziger Garten. Die Kinder spielen im Garten, obwohl es noch kalt ist. Gegenüber repariert jemand sein Auto. Klaus grillt im Wintermantel auf der Terrasse Alternativwürstchen zu den Weißwürsten, während innen Emma mit ihrem Weißwürstchen kämpft. Wortlos nimmt Rudi ihr zweites Weißwürstchen von ihrem Teller und isst es mit gutem Appetit auf. Trudi beobachtet ihn dabei erleichtert.

RUDI: Du magst sie gar nicht so gern, stimmt's?

Emma nickt dankbar. Klaus kommt mit den Bratwürstchen rein, die Kinder auch.

EMMA: Grillen im Winter ... aber ihr hattet in Bayern ja auch keinen richtigen Winter ...

RUDI: Nichts ist mehr so, wie es richtig ist.

KLAUS (scharf): Was ist denn noch alles nicht richtig, deiner Meinung nach?

EMMA (schnell): Macht ihr morgen eine Stadtbesichtigung?

KLAUS: Ich führe euch ein bisschen rum.

TRUDI (zu Karolin): Und dann kommen wir bei dir auf einen Kaffee vorbei.

KAROLIN (mühsam): Ja ... gern ...

RUDI: Trudi würde gern so eine Tanzveranstaltung sehen ...

Klaus: O Gott. Müssen wir da mit?

Trudi: Ein berühmter Butoh-Tänzer aus Japan ist hier …

Emma: Butoh? Was soll das sein?

Klaus (seufzt): Japanischer Ausdruckstanz …

Karolin: Weißt du das denn nicht? Deine Schwiegermutter war mal Butoh-Tänzerin.

Emma (zu Klaus): Hast du mir nie erzählt.

Trudi: War ja auch vor eurer Geburt. Im letzten Jahrhundert. Ist schon fast nicht mehr wahr. Nein, nein. Ich muss da nicht unbedingt hin. Lass uns doch lieber etwas machen, worauf alle Lust haben.

Über die Tischdecke kriecht eine Fliege. Celine will sie mit ihrer Serviette erschlagen. Klaus bemerkt Trudis Blick und hält ihre Hand fest.

Klaus: Sag's schon, Mama.

Trudi schüttelt den Kopf.

Karolin: O ja! *Die Eintagsfliege!* Komm schon! Bitte!

Klaus: Bitte. Hab ich ewig nicht mehr gehört von dir.

Trudi (zitiert lächelnd): *Halt ein, was willst du tun, sie morden?*

Klaus (fällt ein): *Grausame, weißt du, was du tust?*

Trudi: *Ein Tag ist ihr zuteil geworden.*

Karolin: *Ein Tag des Leids …*

Klaus: *Ein Tag der Lust.*

Alle lachen.

Karolin: Wie durften als Kinder keine Insekten umbringen. Nur Mücken. Die schon, gell, Mama? Aber keine Eintagsfliegen.

Emma (lacht): Glaubst du etwa an Reinkarnation? Trudi zuckt die Schultern. Überraschend zitiert Rudi jetzt die zweite Strophe.

Rudi: *O lass sie leben, lass sie schweben,*
bis ihre Feierstunde schlug.
Ihr Himmel ist ein Eintagsleben.
Ihr Paradies ein Abendflug.

Alle schauen ihn amüsiert an, nur Trudi wird ganz bang ums Herz. Sie tätschelt Rudis Hand.

Cut to:
Alle posieren auf Trudis besonderen Wunsch mehr oder weniger widerstrebend für ein Familienfoto mit Selbstauslöser. Celine will unbedingt eine Sonnenbrille aufsetzen und ist nicht davon abzubringen.

22. Doppelhaushälfte Klaus. Kinderzimmer. Innen. Dämmerung.

Celine im Nachthemd massiert Rudi im Schlafanzug die Schultern. Trudi gibt Celine heimlich einen Euro.

23. Doppelhaushälfte Klaus. Esszimmer. Innen. Nacht.

Karolin und Klaus und Emma am Esstisch. Emma stellt eine Packung Pralinen vom Fuji auf den Tisch.

Emma: Die hab ich ganz vergessen, ihnen anzubieten. Die hat mir Karl geschickt.

Karolin: Mir auch. Aber meine rühr ich nicht an. Ich esse lieber deine. Mmm, sind die gut.

KLAUS: Was machen wir mit ihnen? Ich habe morgen den ganzen Tag Sitzung.

EMMA: Mann, was ihr Politiker euch den Hintern platt sitzt! Du hast doch gesagt, du zeigst ihnen die Stadt!

KLAUS: Ich hab vergessen, dass ich Sitzung habe.

EMMA: Ich hab keine Zeit.

KAROLIN: Sie nerven mich jetzt schon.

EMMA: Sie sind doch gerade erst angekommen.

KAROLIN: Ich hasse mich ja selbst dafür, aber sie bringen mich im Handumdrehen auf die Palme.

Sie lachen.

KAROLIN: Und der Einzige von uns, der sie interessiert, ist Karl.

KLAUS: Das war doch schon immer so.

KAROLIN: Was ich mache, interessiert sie nicht die Bohne.

Celine kommt im Nachthemd ins Zimmer.

CELINE: Ich kann nicht schlafen. Ich will in mein Zimmer.

EMMA: Schätzchen, sie bleiben ja nicht lange.

CELINE: Wie lange?

24. Doppelhaushälfte Klaus. Kinderzimmer. Innen. Nacht.

Rudi und Trudi im Bett. Der eine oben im Kinderbett, der andere unten davor auf einer Matratze.

TRUDI: Bist du müde?

RUDI: Nein. Eigentlich nicht.

TRUDI: Ich freu mich, dass es ihnen gutgeht.

RUDI: Mm.

TRUDI: Seltsam, wie die Erinnerung funktioniert. Ich erinnere mich so genau an sie als kleine Kinder, aber als Erwachsene kann ich sie mir irgendwie nicht richtig merken.

RUDI: Bist du enttäuscht von deinen Kindern?

TRUDI: Ich erkenne sie nicht recht wieder.

RUDI: Alle sind gesund.

TRUDI (nach einer Pause): Ja.

Das Haus bei Nacht. Die leeren Flure. Das leere Wohnzimmer.

25. Berlin Mitte. Außen. Tag.

Berlin am Morgen. Die typischen Mitte-Bewohner führen ihre Hunde aus, frühstücken spät, sitzen vor den Eingangstüren zu Galerien und Szeneläden.

26. Karolins Laden. Innen. Tag.

Der Laden hat eine Verkaufsfläche für Möbel, ein offen einsehbares Lager und dahinter eine Wohnung. Karolin und ihre Freundin Franzi tragen ein Möbelstück in den Verkaufsraum.

FRANZI: Wie lange bleiben sie denn?

KAROLIN: Keine Ahnung.

FRANZI: Du musst dich doch ein bisschen um sie kümmern!

KAROLIN: Wann denn? Kannst du mir das vielleicht sagen?

Franzi: Ich mag deine Eltern. Ich wäre froh, wenn ich deine Eltern hätte.

Karolin (grinsend): Du kennst sie noch nicht gut genug.

Franzi: Wir könnten ihnen Karten für den Friedrichstadtpalast besorgen.

Karolin: Meine Mutter hasst Revuetanz. Es gibt Fotos von ihr als Tänzerin, da erkenne ich sie überhaupt nicht wieder. Ein völlig anderer Mensch. Weiß geschminkt wie ein Gespenst und halbnackt.

Franzi (setzt sich auf ein Sofa): Es ist seltsam, wie die Menschen sich verändern. Was meinst du, wird mal aus uns?

Karolin: Keine Ahnung. Wir werden einfach nie alt.

Franzi: Was machen sie denn heute?

Karolin: Ich kann mich echt nicht um sie kümmern, so leid es mir tut.

Sie sieht Franzi an. Franzi schüttelt vehement den Kopf. Karolin kommt langsam auf sie zu, Franzi schüttelt weiter den Kopf, Karolin küsst sie auf den Mund, knutscht sie nieder.

27. Doppelhaushälfte Klaus. Innen. Tag.

Wohnzimmer. Rudi sitzt in Hut und Mantel im Sessel und sieht aus dem Fenster.

Trudi schneidet Robert auf dem Sofa die Fußnägel.

Trudi: So, jetzt sehen sie wieder schön aus.

Emma: Kommt ihr? Sie ist da. Sie kann hier nicht parken, sie hat keine Parkberechtigung.

Trudi zieht sich ihren Mantel an, geht mit Rudi.

28. Stadtrundfahrt. Außen. Tag.

Franzi fährt Rudi und Trudi in ihrem klapprigen alten Auto durch die Stadt und gibt ihnen ihre ganze eigene Stadtrundfahrt. Aus dem Autofenster sieht Trudi ein Beerdigungsinstitut.
Sie fährt mit ihnen im Aussichtsboot um die Museumsinsel herum. Trudi beobachtet besorgt Rudi. Es scheint ihm zu gefallen. Franzi wiederum beobachtet Trudi. Rudi hakt Trudi unter. Zusammen sehen sie auf die große Stadt, die an ihnen vorbeizieht.

29. Karolins Laden. Innen. Tag.

Franzi versichert oben im Verkaufsraum einem sehr gestylten Mitte-Paar, dass ihr Sofa bald fertig wird.
Trudi sitzt unten im Lager mitten in dem Chaos und sieht sich leicht verzweifelt um. Sie passt so gar nicht hierher. Karolin gibt ihr die Abzüge vom Familienfoto.

TRUDI: Ach, die sind hübsch geworden. Schade, dass Franzi nicht mit drauf ist.

KAROLIN: Ach, gehört sie jetzt mit zur Familie?

TRUDI: Karolin, du weißt, dass ich nie was dagegen hatte …

KAROLIN: Ja, Mama, so wie du eigentlich auch nichts gegen Schwarze hast …

TRUDI: Das ist so gemein.

Karolin geht nach hinten in die Wohnung. Franzi und Trudi sind allein im Laden. Trudi weint. Franzi sieht es. Trudi wendet sich ab. Setzt mit aller Kraft ein anderes Gesicht auf, als sie sich wieder umwendet, lächelt sie.

30. Karolins Laden. Hof. Außen. Tag.

Im Hof sortiert Rudi den Müll. Holt eine fälschlich in die Papiertonne geworfene Plastiktüte heraus und wirft sie in die richtige Mülltonne. Dann setzt er sich auf eine kleine Mauer und schaut. Karolin kommt heraus.

KAROLIN: Es gibt Kuchen.

RUDI (lächelt): Hier erkenne ich Berlin zum ersten Mal wieder.

KAROLIN: Und Bier. So magst du es doch, oder?

RUDI: Was genau macht Karl eigentlich in Tokio?

KAROLIN: Ich habe keine Ahnung.

RUDI: Sprecht ihr denn nie?

KAROLIN: Ich habe so wenig Zeit. Ich muss arbeiten.

RUDI: Ich komme mir ganz komisch vor. In den Ferien. Ohne Arbeit.

KAROLIN: Gewöhn dich dran. Bald brauchst du gar nicht mehr arbeiten. Ihr habt doch alles, was ihr braucht, oder?

RUDI: Trudi macht sich um euch alle solche Sorgen.

KAROLIN: Das kann man ihr einfach nicht abgewöhnen. Es gibt Kuchen. Komm.

RUDI: Und Bier.

KAROLIN: Und Bier.

Sie geht rein. Rudi bleibt sitzen, schaut nach oben in den kleinen Fleck Himmel über dem Hinterhof.

31. Karolins Laden. Innen. Tag.

Franzi macht ein Bier auf und schenkt Rudi Bier ein, das er zur Sahnetorte trinkt.

Karolin: Wow, Mama, da habt ihr ja richtig was springen lassen. So eine tolle Torte... (zu Franzi) zu Hause gab es nie gekaufte Torte...

Trudi (zu Franzi): Vielen Dank für heute.

Rudi: Dank dir haben wir so viel von der Stadt gesehen.

Karolin küsst Franzi. Die Eltern sehen diskret zur Seite.

Karolin: Danke. Und? Hattet ihr es schön?

Rudi: Sehr. Das ist gutes Bier. Ich trinke fast nie mehr Bier.

Trudi: Zum Glück. Und Karl? Trinkt er noch?

Karolin: Woher soll ich das wissen? Karl hat doch nie viel getrunken.

Trudi: Doch. Er hat gesoffen wie ein Loch.

Rudi: Das stimmt doch gar nicht.

Trudi: Hat Karl in Tokio eine Freundin?

Karolin: Mama, du telefonierst doch mit ihm. Warum fragst du ihn nicht einfach? Karl, sag mal, säufst du noch? Und wie sieht's mit Weibern aus? (lacht)

Schweigen.

Franzi: Und? Was machen wir jetzt?

Karolin: Ihr seid bestimmt müde. Ihr wollt doch bestimmt ins Bett.

Rudi (lacht): Es ist noch nicht mal sechs.

Franzi: Wir könnten was kochen.

Trudi (steht auf): Danke. Du hast heute schon genug für uns getan.

Karolin: Wir können euch nach Hause fahren.

Trudi: Lass uns mal ruhig mit der S-Bahn fahren, so ein bisschen Großstadtgefühl für uns Landpomeranzen...

KAROLIN: Passt auf euch auf.

In einer plötzlichen Anwandlung umarmt sie ihre Mutter. Aber nur kurz, dann geht es schon nicht mehr. Nach kurzem Zögern verabschiedet sich Trudi von Franzi mit Küsschen. Rudi gibt ihr die Hand.

FRANZI: Bis morgen.

KAROLIN: Morgen?

FRANZI: Wir sind verabredet.

KAROLIN: Aha.

32. S-Bahn. Innen. Nacht.

Trudi und Rudi stehen verwirrt vor den Fahrkartenautomaten. Staunend fahren sie S-Bahn. Das Leben sieht hier doch sehr anders aus als im Allgäu. Immer wieder kommen Bettler rein, spielen etwas Musik, sagen ihren Spruch auf. Trudi gibt allen etwas.

RUDI: Ich glaube, ich möchte nach Hause.

TRUDI: Aber Rudi …

RUDI: Die Kinder haben ja doch keine Zeit.

Pause.

TRUDI: Die Ostsee ist ganz nah.

RUDI: Mm.

TRUDI: Weißt du, wann wir beide zuletzt am Meer waren?

RUDI: Mm.

TRUDI: Ich kann mich auch nicht erinnern. 87? Mit den Kindern? Oder war das am Gardasee?

RUDI: Möchtest du ans Meer?

TRUDI: Und du? Möchtest du?

RUDI: Wenn du unbedingt willst.

Trudi: Aber was willst denn du?

Rudi: Ich mache doch immer, was du sagst …

Trudi schüttelt den Kopf.

33. Doppelhaushälfte Klaus. Innen. Nacht.

Alle schlafen. Die Kinder in ihren Betten. Emma. Klaus. Rudi. Nur Trudi kann nicht schlafen. Wie ein Gespenst wandert sie im dunklen Haus umher. Sie macht die Türen auf und betrachtet die schlafenden Enkelkinder, ihre Kinder, Rudi.

34. Butoh-Tanzvorführung. Innen. Dämmerung. Nacht.

Im vollen Foyer. Rudi nimmt Trudi ihren Mantel ab. Er selbst behält den Mantel an.

Cut to:
Rudi sitzt im Foyer und wartet. Er betrachtet die Garderobendamen, die Zeitung lesen, ein paar Leute, die herumwandern. Eine junge Frau wirft eine Bierflasche in den Papierkorb. Rudi betrachtet den Papierkorb, dann erträgt er es nicht länger. Er steht auf, fischt die Flasche aus dem Papierkorb.

Im Theater: Franzi sitzt neben Trudi. Trudi betrachtet ergriffen den japanischen Butoh-Tänzer Tadashi Endo. Tränen laufen ihr über das Gesicht. Franzi gibt ihr wortlos ein Taschentuch.

35. Ostsee. Außen. Tag.

Das Meer. Am Strand. Es ist noch sehr kalt. Nur wenige Leute sitzen dick eingemummelt in Strandkörben. Trudi und Rudi haben sich zu zweit eine hellblaue Strickjacke von Trudi angezogen, jeder ist in einen Ärmel geschlüpft.

Rudi: Das Meer ist auch nicht mehr das, was es mal war.

Trudi (fröhlich): Immer hast du was zu meckern.

Rudi: Lass uns morgen früh aufstehen und am Strand lang spazieren.

Trudi: Du willst dich bewegen? Das ist ja wunderbar!

Rudi: Ich möchte mal, dass meine Asche ins Meer gestreut wird.

Trudi (sehr erschrocken): Warum sagst du so was?

Rudi: Nur so. Denkst du nie darüber nach?

Trudi schüttelt den Kopf.

Rudi: Wirklich nicht? Also ich denk schon manchmal dran. Wie lange wir noch Zeit haben ... (nimmt ihre Hand). Du hast recht, man sollte nicht an so was denken. Wir haben bisher Glück gehabt.

Trudi: Angenommen, wir hätten nicht mehr so viel Zeit, was würdest du dann gern tun?

Rudi: Ach, dieser Satz: Leb jeden Tag so, als wäre es dein letzter. Ist doch Quatsch. Was sollten wir denn anderes tun? Ich sag dir was: Ich würde nichts anderes tun. Gar nichts. Ich würde morgens in die Arbeit gehen und abends zu dir nach Hause kommen, das würde ich tun.

Trudi nickt tapfer.

36. Pension am Meer. Innen. Nacht.

Deutlich ist das Meer zu hören. In ihrem Zimmer liegen Trudi und Rudi schlaflos im Bett.

Trudi: Kannst du nicht schlafen?

Rudi: Das Meer ist so laut.

Trudi steht auf (im Kimono), will das Fenster zumachen, da fährt ein Auto mit lauter Musik auf den Parkplatz. Sie fängt an, zu der Musik von unten ein wenig zu tanzen.

Rudi: Du bist und bleibst ein verrücktes Huhn.

Trudi: Komm.

Sie versucht ihn aus dem Bett zu ziehen.

Rudi: Ach, was soll das denn jetzt?

Trudi: Jetzt komm schon. Schlafen kannst du eh nicht.

Rudi: Was soll denn der Blödsinn?

Trudi: Bitte.

Widerstrebend lässt Rudi sich hochziehen. Er tanzt nicht, steht eigentlich nur da, aber Trudi schmiegt sich von hinten an ihn und bewegt ihn wie eine Marionette, und so tanzen sie ein wenig vor sich hin. Trudi küsst ihn.

Rudi (belustigt): Was ist los mit dir?

Trudi: Gar nichts. Nichts.

Das Auto fährt weg. Die Musik ist vorbei. Stille. Die beiden halten sich im Arm.

37. Pension. Innen. Tag.

Das Zimmermädchen staubsaugt den Flur.

38. Ostsee. Außen. Tag.

Trudi und Rudi gehen am Meer entlang. Rudi bleibt stehen.

TRUDI: Was ist los mit dir? Magst du nicht mehr? Hast du schlecht geschlafen?

RUDI: Ja, aber du hast gut geschlafen.

TRUDI: Ich? Keine Sekunde.

RUDI: Du hast tief geschlafen. Lass uns nach Hause fahren.

TRUDI: Hast du jetzt schon Heimweh?

RUDI: Wir haben Berlin gesehen, wir haben die Ostsee gesehen, wir haben die Kinder gesehen, lass uns nach Hause fahren.

TRUDI: Ich dachte, du freust dich, deine Kinder zu sehen.

RUDI: Ich kenne sie nicht und sie kennen mich nicht.

TRUDI: Unsere Kinder sind besser als die meisten.

RUDI: Ja, wir haben Glück. Wir haben uns. Das ist das größte Glück.

Rudi nimmt sie an der Hand, sie gehen weiter, Trudi stolpert. Hält an, atmet tief ein und aus.

RUDI: Ist was?

TRUDI: Ich habe schlecht geschlafen!

RUDI: Immer, wenn ich wach war, hast du aber gerade geschlafen.

TRUDI: Moment. Hab's gleich wieder.

Sie atmet tief durch, schüttelt sich.

39. Pension am Meer. Innen. Nacht.

Rudi schläft. Trudi steht auf, geht zur Tür, öffnet sie. Ein weißgeschminktes Butoh-Gespenst steht im Flur und tanzt mit ausgestreckten Armen auf sie zu. Trudi starrt das Gespenst voller Angst und Faszination an.

40. Pension am Meer. Innen. Tag.

Morgen. Rudi streckt sich, gähnt. Es geht ihm gut. Er geht zum Fenster, sieht auf das spiegelglatte Meer.

RUDI: Wie ruhig das Meer ist. Als könnte es kein Wässerchen trüben.

Er lacht, sieht zu Trudi rüber, die noch schläft.

RUDI: Jetzt aber raus aus den Federn. Wir wollten uns doch bewegen. Jetzt komm, du faule Urschel.

Er tritt ans Bett, schüttelt Trudi, aber Trudi bewegt sich nicht. Sie ist tot.

41. Pension. Flur. Innen. Tag.

Das Zimmermädchen staubsaugt wieder den Flur. Sie hört einen schrecklichen Schrei. Sie macht den Staubsauger aus. Stille.

42. Ostsee. Außen. Tag.

Am Meer. Rudi steht am Strand und betrachtet das Meer. Er wirkt sehr gefasst. Karolin kommt angelaufen.

Karolin: Karl ist gerade angekommen.

Rudi: Heute ist das Meer ganz glatt.

Die beiden gehen langsam zurück.

43. Aussegnungshalle. Innen. Tag.

Die ganze Familie sitzt um den geschlossenen Sarg herum. Rudi, Klaus und Emma, Karolin und Franzi, Karl. Alle tragen Schwarz, außer Karolin. Sie starren stumm vor sich hin. Karl erhebt sich. Geht schnell raus. Setzt sich draußen auf eine Bank. Steckt sich eine Zigarette an. Emma kommt hinter ihm her.

Karl: Ich halte das nicht aus, dass sie da drin liegt, in dieser Kiste. Ich habe sie so lange nicht mehr gesehen. Und jetzt sehe ich sie nie mehr. Ich hätte sie besuchen sollen. Ich habe nichts für sie getan in ihrem Leben. Und jetzt kann ich nichts mehr tun.

Emma: Wir müssen uns jetzt um Vater kümmern.

Karl: Wie soll ich das denn machen?

44. Aussegnungshalle. Innen. Tag.

Alle erheben sich. Ein Angestellter gibt Rudi eine Plastiktüte. Darin befinden sich Trudis Schmuck, ihr Kimono, den sie zuletzt trug, ihre Strickjacke. Rudi nimmt den Kimono ein Stück heraus und hält ihn ratlos in der Hand. Karolin schluchzt laut auf. Franzi nimmt sie in den Arm.

45. Wirtschaft. Innen. Tag od. Nacht.

Die Familie beim Leichenschmaus. Eine Kellnerin serviert Fisch. Die Kinder reden, Rudi schweigt. Franzi ebenso.

KARL: Wir sind als Kinder nie ans Meer gefahren.

KAROLIN: Immer nur in die Berge.

KLAUS: Wir sind mal nach Italien gefahren. An den Gardasee.

KARL: Aber nicht ans Meer.

KAROLIN: Großglockner. Wir sind auf den Großglockner gefahren.

KARL: Uns allen wurde im Auto übel, und Mama hatte für jeden eine Plastiktüte dabei.

KLAUS: Wie alt war sie da? Nur ein bisschen älter als wir jetzt.

RUDI: Sie hat euch Kindern und mir fast ihr ganzes Leben geopfert.

Die Kinder verstummen.

EMMA: Sie hätte das nicht so genannt.

Rudi steht auf.

KLAUS: Soll ich mitkommen?

Rudi schüttelt den Kopf. Die Kinder sehen ihm nach.

KAROLIN: Es ist nicht richtig so. Das ist nicht fair. Sie kann uns doch nicht einfach so mit ihm allein lassen!

FRANZI: Ich glaube, das hat sie sich nicht ausgesucht …

KAROLIN: Mama wäre gut allein zurechtgekommen. Da hatte ich keine Sorge. Aber er? Was sollen wir denn jetzt mit ihm machen?

Schweigen.

Klaus: Wann fährst du?

Karl: Ich kann nicht lange bleiben. Meine Maschine geht morgen Nachmittag ab Berlin.

Karolin: Wir müssen auch gleich zurück.

Emma: Wir eigentlich auch. Die Kinder sind bei den Nachbarn.

Karolin: Wer hat denn jetzt eigentlich die Tüte?

Klaus: Welche Tüte?

Karolin: Mit ihren Sachen. Ich hätte gern den Kimono, wenn es euch nichts ausmacht. Das ist ein alter, aus Japan … den hat sie schon ewig … ich seh sie darin zu Hause in der Küche …

Karl: Ich auch.

Emma klopft ihm den Rücken. Rudi kommt zurück. Setzt sich wieder. Eine Fliege krabbelt über die Tischdecke. Alle starren die Fliege an.

Rudi: Jetzt ist alles vorbei. Man kann es sich nie vorstellen. Wenn ich gewusst hätte, dass es so plötzlich endet, wäre ich netter zu ihr gewesen.

Karl: Das macht man sich nicht klar.

Rudi: Es war sehr lieb von euch, noch ein bisschen hierzubleiben. Danke. Sie hat sich bestimmt gefreut, dass du gekommen bist, Karl.

Karl nickt.

Franzi: Was werden Sie jetzt machen?

Rudi: Ich werde mich dran gewöhnen müssen. Macht euch keine Sorgen um mich.

Er fängt an zu weinen.

Rudi: Entschuldigung.

46. Pension am Meer. Innen. Tag.

Rudi allein im Zimmer. Er sitzt auf dem Bett und bewegt sich nicht. Hinter ihm sein Koffer und der Koffer von Trudi. Rudi hält die Plastiktüte in der Hand.

ALLGÄU

47. Haus Angermeier. Außen. Tag.

Rudi kommt allein, mit zwei Koffern in der Hand, nach Hause. Die Nachbarin beobachtet ihn. Traut sich aber nicht, ihn anzusprechen.

48. Haus Angermeier. Innen. Tag.

Rudi setzt seinen Hut ab, zieht den Mantel aus, seine Jacke. Pause. Zieht sich allein die Strickjacke an. Er sieht ihre Hausschuhe, ihre Jacken, ihre Hüte. Das Bügelbrett …

49. Zug. Innen. Außen. Tag.

Wie immer tauscht Rudi mit seinem Nachbarn die Zeitung. Zafer druckst herum, will was sagen, sagt dann aber nichts.

50. Büro. Innen. Tag.

Rudi sitzt in seinem Büro wie eh und je. Die jüngeren Kollegen haben anscheinend keine Ahnung, was ihm zugestoßen ist. Rudi holt seine Brotzeitbox heraus wie immer, isst sein Brot, hat aber keinen Apfel dabei wie früher.

ZAFER: Wo ist mein Apfel?

RUDI: Gibt keinen mehr.

51. Bahnhof. Außen. Tag.

Rudi steigt aus dem Zug. Zögert. Bleibt stehen. Alle anderen, die aus dem Zug gestiegen sind, gehen an ihm vorbei, dann setzt auch er sich langsam in Bewegung. Jeder Schritt fällt ihm schwer.

52. Haus Angermeier. Innen. Nacht.

Rudi allein im Wohnzimmer. Er sieht fern. Er macht den Fernseher aus. Es ist ganz still.
Rudi allein im Bett. Er kann nicht schlafen. Er steht auf, holt Trudis hellblaue Strickjacke aus dem Koffer. Legt sie sich um. Sitzt einfach nur da. Er horcht auf. Er hört ihre Schritte im Flur. Nein, stimmt nicht. Er schüttelt den Kopf. Der leere Flur.

53. Friedhof. Außen. Tag.

Bei der Urnenbeisetzung sind nur der Pfarrer und Franzi, Frau Wohlfahrt und ein paar Nachbarn und Bekannte aus der Gymnastikgruppe anwesend. Der Pfarrer schüttelt Rudi die Hand, dann Franzi.

PFARRER: Und das muss die Karolin sein.

RUDI: Nein, nein. Die Karolin ist in Berlin. Und der Jüngste ist doch in Japan …

PFARRER: Ach so. Und der Klaus? Wo ist denn der Klaus?

RUDI: Er hatte eine ganz wichtige Sitzung.

54. Haus Angermeier. Außen. Tag.

Rudi und Franzi im Garten. Die Tulpen und Narzissen sind aufgeblüht. Rudi schneidet eine Tulpe ab und gibt sie Franzi.

RUDI: Der Tanzabend war ihr schönster Abend in Berlin. Sie hat gesagt, sie hätte nie ein netteres Mädchen kennengelernt als dich.

FRANZI: Ich bin gar nicht so nett. Es ist mir peinlich, dass sie so gut von mir gedacht hat. Sie hat mir nur erzählt, wie sie immer tanzen wollte, eine richtig gute Butoh-Tänzerin werden wollte, mehr als alles andere im Leben … und wie sie so gern nach Japan gegangen wäre, um dort zu lernen, und wie dann alles ganz anders gekommen ist und wie das dann auch ein gutes Leben war, aber …

Eine lange Pause.

Franzi: Nicht dass Sie jetzt denken, dass sie nicht glücklich war. Nein … ich dachte nur … vielleicht gab es noch eine ganz andere Frau in ihr … die niemand gesehen hat … und ich habe sie plötzlich gesehen, diese andere … das war alles …

Rudi steht auf, holt ein Fotobuch von Trudi als junger Butoh-Tänzerin mit weißgeschminktem Gesicht.

Franzi: Das ist sie?

Rudi: Ich mochte das nicht. Es war so … so extrem. Mir war es peinlich … ich wollte nicht, dass sie das weitermacht … Wir haben sie hier eingesperrt.

Franzi: Nein, sie wollte es so. Ganz bestimmt.

Rudi (leise): Ich weiß nicht.

55. Bahnhof. Innen. Tag.

Franzi sitzt im Zug. Der Zug fährt ab. Rudi bleibt allein zurück.

56. Haus Angermeier. Innen. Nacht.

Unsicher wandert Rudi allein durchs Haus. Setzt sich überall kurz hin, steht wieder auf. Er sieht Trudis Hausschuhe unter dem Sofa hervorlugen. Er bekommt zunehmend Angst, allein im Haus. Er setzt sich in Trudis Sessel ans Telefon, starrt das Telefon an, wählt nach der Telefonliste an der Wand die Nummer von Klaus.

Rudi: Oh, hallo Emma. – Nein, nein … es geht mir gut. Ich … ich wollte mich nur mal melden … Was machen die Kinder? – Kommt ihr denn jetzt über

Ostern? – Na ja, das hat noch Zeit. Das besprechen wir ein andermal. Ich wollte nur hören, wie es euch geht. Ach so … pfüat euch.

Er legt auf. Wählt die Nummer von Karolin. Anrufbeantworter.

Er legt auf und sitzt nur so da. Es ist ganz still im Haus. Rudi sitzt im Schlafzimmer auf dem Bett. Macht die Nachttischschublade von Trudi auf, findet haufenweise Postkarten vom Fuji, die Karl in den letzten Jahren an Trudi geschrieben hat. Daneben ein Buch von Hokusai, *100 Views Of Mount Fuji.* Er betrachtet den Kimono seiner Frau. Legt ihn auf die Bettdecke, streicht ihn glatt. Legt sich daneben.

Rudi: Trudi … wo bist du? Wo bist du denn nur?

Wieder sitzt er am Telefon. Wählt Karls Nummer. Bekommt nur den Anrufbeantworter.

Rudi: Karl? … ich weiß, bei dir ist es früh am Morgen. Ja, entschuldige … Blühen die Kirschbäume schon? Sie hätte sie so gern gesehen … Und den Fuji. Immer hat sie davon geredet. Ich habe ihr alles unmöglich gemacht.

Er fängt an zu weinen.

57. Dorf. Außen. Nacht. Tag.

Alles ist still und leer. Nur eine Katze schlendert über die Straße.

Überblendung in Tag. Die Straße bleibt leer, bis auf eine Frau, die aus dem Haus kommt und Wasser in den Rinnstein kippt, wieder zurück ins Haus geht. Stille.

Japan.

58. Tokio/Shinjuku-Station. Außen. Tag.

Chaos. Ein Meer von Füßen. Rudi steht mitten im Menschengewimmel, zwei kleine Koffer in den Händen, angstvoll hält er Ausschau. Endlich kommt Karl. Er bleibt in einiger Entfernung stehen, betrachtet seufzend seinen Vater, der alt und ängstlich wirkt, erst dann geht er auf ihn zu, umarmt ihn.

59. Shinjuku. Straßen. Außen. Tag.

Karl geht mit den Koffern voran durch das Gewühl. Rudi hat größte Mühe, ihm zu folgen, und droht immer wieder, ihn zu verlieren. Sie kommen an einer Frisierschule vorbei, wo junge Friseure an Puppen das Frisieren lernen. Ein so bizarrer Anblick, dass Rudi kurz anhält, schaut – und schon hat er Karl verloren. Verwirrt sieht er sich um, da kommt Karl kopfschüttelnd zurück und nimmt ihn an die Hand.

60. Apartment Karl. Innen. Tag. Abenddämmerung. Nacht.

Karl betritt mit Rudi seine kleine Wohnung in einem Hochhaus in Shinjuku. Er zeigt Rudi, dass man vorher die Schuhe auszieht, Schlappen anzieht und wieder vor den Tatamis auszieht. Karl wird auf der Couch schlafen, Rudi auf dem Futon. Karl verabschiedet sich, er muss zurück ins Büro.

Rudi: Was machst du beruflich eigentlich genau? Ich habe das nie so ganz verstanden ...

Karl (lacht): Nett, dass du nach fünf Jahren nachfragst, Papa. Ich kontrolliere Zahlen. So wie du Abfallgebühren. Ich mache ganz genau dasselbe wie du ... ich seh dich dann heute Abend.

Und weg ist er.

Rudi wandert allein durch die leere Wohnung, versucht, ihr Hinweise auf das Leben seines Sohns zu entlocken, aber da ist wenig. Das Bett ist nur für eine Person bezogen, es gibt nur eine Zahnbürste, in den Schränken nur Hemden und Anzüge, in den Regalen nur Computerbücher. An der Wand ein Bild vom Mount Fuji, das gleiche, das auch im Haus im Allgäu hängt. In einer Plastiktüte entdeckt Rudi haufenweise Postkarten von Trudi aus dem Allgäu.

(Off-Stimme Trudi) Mein lieber Karl. Du hast die zweite Strophe von der Eintagsfliege vergessen? Hier ist sie:
O lass sie leben, lass sie schweben,
bis ihre Feierstunde schlug.
Ihr Himmel ist ein Eintagsleben.
Ihr Paradies ein Abendflug.
Ich umarme dich fest, deine Mama.

Rudi ist kurz davor, die Fassung zu verlieren. Er packt seinen Koffer aus und hängt seine Kleider auf. Nimmt die noch von Trudi gebügelten Taschentücher heraus, steckt sich eins in die Tasche.

Er klappt den Koffer wieder zu. Versucht verzweifelt, Haltung zu bewahren.

Er stellt sich auf den kleinen Balkon, sieht auf die große Stadt herunter. Es wäre so leicht, sich hinunterzustürzen.

61. Yakitori-Gasse. Außen. Nacht.

Karl und Rudi gehen eine enge Gasse mit Restaurants entlang.

62. Udon-Restaurant. Innen. Nacht.

Karl sitzt mit Rudi in einem vollbesetzten Udon-Restaurant. Rudi tut sich schwer mit den Stäbchen, legt sie schließlich entnervt zur Seite.

KARL: Sollen wir woanders hingehen?

RUDI: Nein, nein, schon gut.

KARL: Das ist hier bestimmt alles ziemlich verwirrend für dich.

RUDI: Für mich sind andere Dinge verwirrender.

KARL: Warum hast du so viel Geld mitgebracht?

RUDI: Ich hab gedacht, Japan ist teuer.

KARL: Ja, aber ich würde doch für dich bezahlen, das ist doch klar.

RUDI: Das möchte ich nicht.

Schweigen.

KARL: Für morgen denken wir uns zusammen was aus, heute Abend muss ich leider noch mal weg.

RUDI: Ja.

KARL: Es tut mir leid, dass ich so wenig Zeit habe, aber das war jetzt alles ein wenig überraschend.

RUDI: Ich möchte dir nicht zur Last fallen.

KARL: Warum seid ihr mich nie besuchen gekommen?

RUDI: Wir dachten, wir hätten Zeit.

Karl schweigt.

RUDI: Ich glaube, ich habe deiner Mutter weggenommen, was ihr am wichtigsten war. Ich wollte, ich könnte das wiedergutmachen. Das kann ich nie wiedergutmachen. Für die Toten kann man nichts mehr tun.

KARL: Ach, Paps.

63. Apartment Karl. Innen. Nacht.

Rudi wacht auf. Er steht mühsam vom Futon auf, macht die Schiebetür auf, ruft leise nach Karl, aber Karl ist immer noch nicht zu Hause. Rudi blickt auf die große Stadt. Rudi in der Küche. Er nimmt ein paar Tabletten aus seiner nach Tagen angeordneten Tablettendose. Dann öffnet er den zweiten Koffer. Darin sind Trudis Kleider, ihr Schmuck, ihr Kimono, das Buch von Hokusai, *100 Views Of Mount Fuji,* das Foto von Trudi als junge Butoh-Tänzerin.

64. Skylounge. Innen. Tag. Abend. Nacht.

Karl setzt Rudi vor dem grandiosen Blick über die Stadt ab.

KARL: Da drüben arbeite ich. Ich hole dich später wieder ab. Rühr dich nicht von der Stelle. Ich verliere dich sonst noch in der großen Stadt.

Rudi nickt. Karl gibt ihm etwas Geld und geht. Rudi starrt stoisch aus dem Fenster auf die gigantische Skyline. Er trinkt ein Bier nach dem anderen. Es dämmert, wird dunkel. Schließlich steht Rudi leicht schwankend auf und geht.

65. Shinjuku. Straßen. Striptease-Club. Außen. Innen. Nacht.

Unsicher bewegt Rudi sich durch die nächtlichen Straßen. Mit Hut und Mantel wirkt er fremd. Es trägt sonst niemand einen Hut. Er versucht sich zu merken, wo er ist. Er bindet sein Taschentuch an einen Laternenpfahl und geht weiter. Sofort verschluckt ihn das nächtliche, hell erleuchtete Shinjuku.
Er gerät in das Vergnügungsviertel und schwimmt im Strom der Menschen mit wie ein Fisch, ohne eigenen Willen. Er wird in einen Striptease-Club gelotst. Wie ein Mann von einem anderen Stern sitzt er dort, aber keiner beachtet ihn. Seine Verzweiflung fällt niemandem auf, das tut nur gut. Er trinkt. Vor ihm lüpfen die Mädchen ihre kurzen Röcke.

66. Shinjuku. Straßen. Außen. Nacht.

Rudi torkelt weiter durch die Straßen. Er versucht sich zu orientieren, aber er weiß nicht mehr, wo er ist. Er lässt sich von einem Aufreißer in einen Schaumclub winken.

67. Schaumclub. Innen. Nacht.

Rudi sitzt nackt in einer Dusche und wird von zwei jungen Japanerinnen eingeseift.
Sie reden süß auf ihn ein, und er fängt an zu weinen. Die jungen Frauen trösten ihn gurrend, lachen, seifen ihn weiter ein. Sie kennen das.

68. Hochhaus Karl. Außen. Tag.

Im Morgengrauen liegt Rudi vor dem Hochhaus vor der Tür und schläft. Eine alte Frau kommt vorbei und legt ihm seinen Mantel ordentlich über.
Karl kommt im Anzug und mit Aktentasche aus dem Haus. Wütend weckt er Rudi.

> KARL: Bist du verrückt? Wo warst du denn? Ich habe mir solche Sorgen gemacht! Ich habe gedacht, ich finde dich nie mehr wieder!

Rudi blinzelt ihn verschlafen an, setzt sich auf. In der Hand hält er sein zerknülltes Taschentuch.

> RUDI: Die Klingel. Ich konnte das Klingelschild nicht lesen. Ich kann hier nichts lesen. Nichts verstehen …

69. Apartment Karl. Innen. Tag.

Rudi allein zu Hause. Auf dem Küchentisch liegen ein japanisches Handy, das Bilderwörterbuch *Point it* und ein Schild, auf dem Rudis Name und seine Adresse in lateinischen und japanischen Buchstaben steht.

Rudi schaut sich die Bilder aus dem Wörterbuch an. Er hängt sich das Schild um. Er sieht aus dem Fenster.
Er macht den Fernseher an. Schaltet um. Kochsendungen, Shows, Werbung – und dann plötzlich sieht Rudi den berühmten Butoh-Tänzer Tadashi Endo, der weiß geschminkt, in einem rosa Tütü unter blühenden Kirschbäumen tanzt. Rudi ist vollkommen fasziniert.
Rudi macht den zweiten Koffer auf, betrachtet die Kleider seiner Frau. Er zieht sich Trudis blaue Strickjacke an, hängt sich ihre kleine Rubinkette um. Betrachtet seine Arme in ihrer Strickjacke, sieht sein Spiegelbild ohne seinen Kopf an – ihre Kette, ihre Jacke.
Karl kommt nach Hause. Rudi trägt wieder seine eigenen Klamotten, sitzt am Küchentisch.

KARL: Was hast du den ganzen Tag gemacht?

RUDI: Mm.

KARL: Warst du nicht draußen?

RUDI: Mm.

KARL: Verstehst du das Handy? Hier... nur eine Taste, da ist meine Telefonnummer. Hast du was gegessen?

RUDI: Ja.

KARL: Stimmt doch gar nicht.

RUDI: Ich verstehe nicht, wo Trudi ist. Wo ihr Körper ist. Die Erinnerung an sie ist in meinem Körper, aber wenn mein Körper dann auch nicht mehr ist, wo ist dann Trudi?

KARL: Paps... ich... ich trauere auch um Mama... aber... wirklich, Paps...

RUDI (leise): Sag nicht, das Leben geht weiter. Bitte.

Karl schweigt. Stumm und hilflos sitzen sie da.

70. Hanami-Party im Yoyogi-Park. Außen. Tag.

Hanami, »die Kirschblüten anschauen«. Überall in den Parks sitzen Leute auf blauen Plastikplanen unter den Kirschblüten und halten Picknick, trinken aus großen Thermoskannen Sake und fotografieren mit ihren Handys die Kirschblüten. Karl hat ein paar Kollegen eingeladen, ein paar Japaner, ein paar Gaijin aus der Firma, Männer und Frauen, alle sind schon ziemlich betrunken. Rudi sitzt mitten unter ihnen, er trinkt nicht. Ein als Pandabär verkleidetes, betrunkenes Mädchen wankt umher und setzt sich zu ihnen. Ein deutscher Kollege von Karl, auch schon ziemlich angeschickert, erzählt Rudi seine Erkenntnisse über Japan und fotografiert gleichzeitig alle.

KOLLEGE: Die Kirschblüte ... Symbol für die Vergänglichkeit ... man kann sie nicht festhalten. Sie blüht kurz auf und dann ist sie auch schon wieder verschwunden ...

Rudi nickt abwesend. Er beobachtet besorgt den sturzbetrunkenen Karl, der unter lautem Gelächter mit dem Mädchen im Pandabärenkostüm tanzt, umfällt und sich mit dem Bären am Boden wälzt.

Rudi erträgt es nicht länger, er steht auf und entfernt sich ein wenig.

Er bewundert die Kirschbäume. Er sieht anderen zu, die die Kirschblüten bewundern. Er macht es einem Mädchen nach und schiebt sich vorsichtig eine Kirschblüte in den Mund. Er beobachtet die jungen Mütter, die ihre Buggys um die Plastikfläche herum geparkt haben und ihre Kinder auf dem Schoß halten. Ein junger Vater mit seinem Kind.

71. Apartment Karl. Innen. Nacht.

Rudi versucht, den betrunkenen Karl ins Bett zu bekommen, was sehr schwierig ist, denn Karl wehrt sich und stänkert herum.

Karl: Behandle mich nicht wie ein kleines Kind! Bist du plötzlich der besorgte Vater? Das wäre ja das erste Mal in deinem Leben, dass du mich ins Bett bringst! Ausgerechnet! Dass ich nicht lache! Alle müssen sich doch immer um dich kümmern! Du stehst doch immer im Mittelpunkt! Nehmt Rücksicht auf euren Vater! Euer armer Vater! Lasst euren Vater in Ruhe! Vater ist müde! Vater arbeitet so viel! Sitzt sich im Büro den Hintern platt! Dein ganzes Leben hast du dich im Büro versteckt! Du hast Mama doch überhaupt nicht gekannt! Keine Ahnung hast du, wer sie ist!

Rudi macht die Schiebetür zu. Er atmet schwer. Karl grölt weiter herum. Rudi flüchtet auf den kleinen Balkon.

72. Apartment Karl. Innen. Tag.

Karl sitzt gefasst und so, als sei nichts gewesen, im Anzug in der Küche und trinkt seinen Kaffee. Rudi, im Schlafanzug, sitzt ihm gegenüber, schmiert ein Brot, legt Gurkenscheiben drauf, packt es in eine Serviette ein, legt es vor Karl auf den Tisch. Legt ihm einen Apfel dazu. Karl steckt beides schulterzuckend in seine Aktentasche, steht auf und geht. Eigentlich sieht er dabei ganz genau so aus wie Rudi früher.

Rudi bleibt allein in der Küche zurück. Er wäscht die Tasse ab, das Messer, den Teller, räumt alles weg. Stille. Nur Krähenschreie sind zu hören.

73. Straße vor Hochhaus. Außen. Tag.

Rudi kommt aus dem Haus, bindet wieder ein Taschentuch um ein Straßengeländer. Er überquert die Straße, geht in eine kleine Seitenstraße, sieht sich suchend um. Und dann sieht er, was er gesucht hat: einen wunderschön blühenden Kirschbaum. Nervös sieht er sich um. Schließlich nimmt er allen Mut zusammen, zieht seinen Mantel aus. Er trägt einen Rock von Trudi über seiner Hose, ihre Strickjacke, ihre Kette. Er schüttelt ein wenig an dem Kirschbaum, die Blüten rieseln über ihn wie Schnee.

RUDI: Da, Trudi. Für dich.

74. Apartment Karl. Innen. Abend.

Karl kommt nach Hause, Rudi wartet schon. Er faltet sein Taschentuch säuberlich zusammen.

KARL: Und? Was hast du heute gemacht?

RUDI (zuckt die Schultern): Nichts weiter.

KARL: Aber du musst doch irgendwas machen, den ganzen Tag.

RUDI: Ich habe viel zu tun. Ich erinnere mich. Ich erinnere mich an deine Mutter.

KARL: Was hältst du von einer Stadtrundfahrt?

RUDI: Ist es von hier weit bis zum Fuji?

KARL: Ungefähr zwei Stunden.

Rudi: Ach so.

Karl: Ich würde mit dir hinfahren, wenn ich Zeit hätte. Aber hier arbeiten die Leute auch am Wochenende. Immer.

Rudi: Ach so.

Karl: Wusstest du, dass auf Japanisch ach so »ah so« heißt?

Rudi: Ah so.

75. Stadtrundfahrt Tokio. Außen. Tag.

Rudi macht eine Stadtrundfahrt. Unter seinem Mantel sieht man die blaue Strickjacke und einen Rocksaum hervorblitzen. Überall blühende Kirschbäume: zwischen den Hochhäusern, entlang der Kanäle, in den Parks.
Der Bus fährt unter einer Allee von Kirschbäumen hindurch, und Rudi öffnet schnell den Mantel und schließt ihn wieder. Ein Kind mustert ihn neugierig, sonst hat niemand etwas bemerkt.

76. Bootsrundfahrt. Außen. Tag.

Rudi steht zusammen mit Touristen am Kiel des Bootes und sieht die blauen Obdachlosenzelte vorbeiziehen.

77. Aoyama-Cemetery. Außen. Tag.

Rudi geht durch den von Kirschbäumen gesäumten Friedhof.

78. Inogashira-Park. Außen. Tag.

Rudi fährt allein in einem Tretboot, das wie ein Schwan geformt ist, unter den Kirschbäumen hindurch. Er sieht eine Butoh-Tänzerin und verrenkt sich den Kopf nach ihr, wendet mühsam den Schwan, fährt abermals an ihr vorbei. Sie ist jung, weiß geschminkt, trägt ein seltsames Kostüm und tanzt mit einem rosa Telefonhörer in der Hand, an dessen langer Strippe ein zweiter Hörer hängt, den sie den Passanten anbietet, um dann mit ihnen zu telefonieren. Fasziniert sieht Rudi ihr zu.

79. Apartment Karl. Innen. Nacht.

Karl telefoniert in seiner Wohnung.

> Karl: Er macht mich völlig wahnsinnig. Sitzt den ganzen Tag apathisch hier rum. Ich weiß nicht, was ich mit ihm machen soll. Alle Stadtrundfahrten, die es gibt, haben wir schon hinter uns. Ich kann nicht jeden Tag ein Programm für ihn machen. Ich habe einfach keine Zeit. Er geht mir auf die Nerven, und ich hasse mich dafür. Aber er verhält sich auch so komisch. Wusstet ihr, dass er sein gesamtes Geld abgehoben und mitgebracht hat? Ja … und Mamas Kleider hat er auch mitgeschleppt. Ja, wirklich. Man sollte sich um eine Therapie für ihn kümmern. Er packt das nicht. Aber ich auch nicht … ihr müsst ihn nehmen … ja, ich weiß … aber jetzt seid wirklich ihr dran.

Er legt auf. Rudi kommt vom Balkon herein. Er hat alles mit angehört. Karl erschrickt.

Karl: Seit wann bist du denn da?

Rudi: Lass mich doch noch ein bisschen hier bei dir bleiben. Nur ein bisschen. Bitte.

Karl: Ja, natürlich, natürlich. Es tut mir leid.

Karl steht auf, geht auf Rudi zu, aber die Umarmung endet hilflos. Beide lassen die Arme wieder sinken und stehen stumm da.

80. Inogashira-Park. Außen. Tag.

Rudi sucht die Tänzerin. Schließlich hat er sie gefunden, sie steht wieder an demselben Platz. Wieder macht sie ihre seltsame Telefonperformance. Nur wenige bleiben stehen, kaum jemand gibt Geld. Rudi beobachtet sie länger aus sicherer Entfernung. Schließlich fasst er Mut, geht zu ihr.

Rudi: Please … excuse me … are you dancer? Butoh dancer?

Yu: Yes.

Rudi: Please … I have a question …

81. Café. Innen. Tag.

Yu tanzt mit ihren Fingern einen Schattentanz auf dem Tisch. Sie versuchen sich zu unterhalten. Beide sprechen nur schlecht englisch.

Yu: Butoh is dance of shadow. Not me dance. Shadow dance. Watch. And your shadow dance.

Sie nimmt seine Hand, Rudis Schatten bewegt sich mit ihrem.

Yu: I don't know who is shadow. (Zu ihrem Schatten) Who are you? No answer.

Sie will sich ausschütten vor Lachen. Rudi lacht höflich ein wenig mit.

Yu: Everybody can dance Butoh.

Rudi: No.

Yu: Yes. Everybody has shadow. Young and old. Woman and man. Everybody alive. And everybody dead. Same time.

Sie kichert wieder, als hätte sie einen guten Witz gemacht.

Yu: I dance with the dead.

Rudi: Who is dead?

Yu: My mother.

Rudi: When?

Yu: Yesterday one year. She loves telephone. Pink telephone. Always on the phone with family.

Rudi: My wife, too. Always telephone. Three children. Much telephone.

Yu: I am on phone with my mother. All the time. She is in me. But when I want to sleep, she wants to get up, when I want to get up, she wants to sleep. I am not a dancer, my mother is. My father doesn't understand. He wants me to finish school, be a good girl, get a job, husband. But my mother wants to dance. So I dance. What can I do? Where is your wife?

Rudi (nach einer Pause): I don't know. I don't know, where she is.

Yu: You don't know?

Rudi schüttelt den Kopf.

82. Inogashira-Park. Außen. Tag.

Yu bringt Rudi bei, sich in Zeitlupe zu bewegen, so zu gehen. Den Boden unter seinen Füßen wahrzunehmen, die Luft, einen Grashalm, einen Vogel. Zum ersten Mal seit dem Tod von Trudi sieht man Rudi lächeln.
Yu will Rudi dazu bringen, seinen schweren Mantel auszuziehen. Er mag nicht.

YU: Dance better without.

Sie besteht darauf, knöpft ihm den Mantel auf, sieht die Frauenkleider.

RUDI: Not me. My wife.

Yu sieht ihn nachdenklich an, nickt. Sie scheint zu verstehen.

83. U-Bahn. JR-Line. Shinjuku-Station. Außen. Innen. Tag.

Rush hour. 18 Uhr. Millionen von Büroangestellten in ihren akkuraten Anzügen und mit ihren Aktentaschen strömen an Rudi und Yu vorbei. Yu wartet, bis Rudi in den richtigen Zug eingestiegen ist. Er fährt los. Sie hebt die Hand, winkt ihm. Er winkt zurück. Ihm gegenüber sitzen lauter junge Geschäftsleute und Büroangestellte, die auf ihren Handys herumtippen.

84. Gemüsestand und Supermarkt. Außen. Innen. Tag.

Rudi kauft mit Hilfe seines Bilderwörterbuchs ein: einen Weißkohl, Gehacktes, Kartoffeln. Alles nicht so einfach. Verdutzte, aber sehr hilfsbereite Menschen führen ihn zu dem ihrer Meinung nach Gewünschten, was dann aber oft das Falsche ist.

85. Apartment Karl. Innen. Abend.

Rudi kocht. Blanchiert die Weißkohlblätter, wickelt sie zusammen. Karl kommt nach Hause.

RUDI: Krautwickerl. Original nach Trudis Rezept. Setz dich.

KARL (setzt sich nur widerstrebend): Paps … ich bin noch verabredet.

RUDI: Nur eins.

Karl versucht, ein Krautwickerl zu essen, aber plötzlich schießen ihm die Tränen in die Augen. Rudi räumt die Wickerl wieder ab.

RUDI: Ich weiß.

KARL: Ich vermisse Mama so. Dabei bin ich so weit weggegangen, wie ich nur konnte, damit ich weniger an ihr hänge. Das war ja schon nicht mehr normal.

Karl versucht zu lachen.

KARL: Und wo bin ich hingegangen? Dahin, wo sie immer hingewollt hat. Und jetzt hat sie es nie gesehen.

Er wischt sich über die Augen. Sie schweigen.

RUDI: Es gibt hier gar keine Fliegen.

KARL: Was?

RUDI: Fliegen. Ich habe noch keine einzige Fliege gesehen.

86. Inogashira-Park. Außen. Tag.

Yu isst mit gutem Appetit Krautwickerl aus einer Tupperware-Dose, die ihr Rudi mitgebracht hat. Sie lässt zwei Krautwickerl übrig, die nebeneinander in der Dose liegen, schiebt sie eng zusammen.

Yu: Now happy. Not separate. Very good. You make?

Rudi: My wife. Kohl … I don't know the word in english … you take Kohl and you … einrollen … roll the kohl …

Er versucht es ihr klarzumachen, Yu versteht erst nicht, dann steht sie auf und rollt sich in die Plane. Rudi rollt sich nach anfänglichem Zögern vom anderen Ende in die Plane. Eingewickelt liegen die beiden nebeneinander.

Yu: Now two cabbage rolls.

Die Kirschblüten fallen auf sie und bedecken sie wie eine Spitzendecke.

87. Straße. Tokio. Außen. Abenddämmerung.

Rudi und Yu gehen über eine kleine Brücke über einen Fluss, gesäumt von blühenden Kirschbäumen, beleuchtet von Laternen.

Rudi: What's your name?

Yu: Yu.

Rudi: No, not me, you.

Yu: I am Yu.

Rudi: You are me?

Yu: No, my name is Yu! And you, what's your name?

Rudi: Rudi.
Yu: Rudi. Rudi!

88. U-Bahn. Innen. Außen. Abenddämmerung. Nacht.

Auf dem Bahnsteig. Wieder setzt Yu ihn in die U-Bahn.
Rudi: You? Where you live? Home – where?
Yu lacht nur. Rudi verlässt sie ungern. Die Türen gehen zu, der Zug fährt los. Yu bleibt am Bahnsteig zurück.

89. Apartment Karl. Innen. Tag.

Rudi fegt, macht vorsichtig ein paar Butoh-Bewegungen, bückt sich, um mit Kehrblech und Schaufel aufzufegen, plötzlich geht es ihm sehr schlecht, er muss sich hinlegen. Er liegt auf dem Boden und krümmt sich vor Schmerzen. Direkt vor ihm das Bild vom Mount Fuji. Er kriecht zu seinem Koffer, holt seine Medikamentenschachtel heraus.

90. Park. Außen. Tag.

Yu steht an der Brücke, wartet. Sie sieht Rudi in weiter Entfernung kommen. Sie läuft auf ihn zu.
Yu: You late. Why?
Rudi: Sorry.
Yu: I wait.
Sie lächelt ihn an, hakt sich bei ihm ein.

Cut to:
Sie sitzen zusammen auf einer blauen Plane, sehen sich das Bilderwörterbuch an, erzählen sich, was sie mögen und was nicht. Rudi erzählt ihr mit Hilfe der Bilder fast sein ganzes Leben. Wie er früher immer mit der Familie campen war, die Autobahn, was Trudi gekocht hat etc. Dann zeigt er überraschend auf einen Tiger in einem Käfig.

RUDI: My wife like this.

Yu zeigt auf das Foto einer Ente.

YU: My mother like this. Up and down, up and down. But she always happy.

Cut to:
Die beiden stehen an einem kleinen Teich, auf dem Enten schwimmen. Yu wirft einer Ente ein bisschen Brot zu.

YU: Hello, mother.

Sie lacht.

YU: Up and down, up and down. But she not say anything.

Cut to:
Yu schminkt sich. Rudi hält ihr den Spiegel. Sie gibt Rudi einen Telefonhörer und tanzt mit ihm den Telefontanz.

YU: Now you my father. I call you. But you not listen. Not move. Put on your hat. With hat you look like my father.

Sie setzt ihm seinen Hut auf. Sie selbst nimmt den Hörer des rosa Telefons in die Hand und telefoniert mit Rudi. Versucht flehentlich, ihn zu erreichen, aber er reagiert nicht. Sie tanzt um ihn herum, wickelt ihn mit der

Strippe ein. Rudi steht stocksteif da. Eine Hausfrau mit Tüten in der Hand bleibt stehen, starrt die beiden an.

91. U-Bahn. JR-Linie. Shinjuku-Station. Außen. Innen. Tag.

Wieder trennen sich Rudi und Yu. Yu will Rudi ein paar Münzen geben, die sie zusammen eingenommen haben.

Yu: You earned it.

Rudi: No, no, no. You keep it. Bye ... I can do alone. You go home ...

Er tut, als würde er in die U-Bahn einsteigen, aber im letzten Augenblick dreht er sich um und folgt Yu.

92. Chuo-Park. Shinjuku. Außen. Tag.

Rudi folgt Yu über verkehrsreiche Straßen bis zu einem Park, wo die Obdachlosen ihre Pappkartons fein säuberlich aufgebaut haben. Yu geht zu einem Kartonhäuschen, zieht die Schuhe aus, richtet sie akkurat aus, kriecht in den Karton. Rudi beobachtet sie dabei.

93. Apartment Karl. Innen. Nacht.

Yus Schuhe stehen jetzt genauso akkurat im Flur. Daneben ihr Koffer. Sie selbst ist im Bad. Karl steht mit Rudi im Wohnzimmer.

Karl (schnell und eindringlich): Paps, du verstehst nicht: Ich brauche meinen Platz! Ich sitze den ganzen Tag mit anderen Leuten in einem winzigen

Büro, ich brauche abends, wenn ich nach Hause komme, wenigstens ein bisschen Platz!

RUDI: Sie ist noch fast ein Kind …

KARL: In Japan braucht niemand in ihrem Alter auf der Straße zu leben. Sie hat es sich so ausgesucht.

RUDI: Das sucht sich doch niemand aus.

KARL: Glaub es mir. Die will das gar nicht anders.

Erbost geht Karl in den Flur, sieht, dass die Badezimmertür offen steht und Yu bereits gegangen ist.

RUDI: Wann bist du so hart geworden? Wie ist das passiert?

94. Chuo-Park. Außen. Nacht.

Rudi und Karl suchen Yu an ihrem angestammten Platz, aber sie ist nicht dort. Mühsam überredet Karl Rudi, nach Hause zu kommen und die Suche erst einmal aufzugeben.

95. Apartment Karl. Innen. Nacht.

Rudi kann nicht schlafen. Er steht auf und geht ins Wohnzimmer. Karl schläft tief und fest. Rudi setzt sich an sein Bett. Er nimmt Karls Hand in seine. Er betrachtet das Bild vom Mount Fuji an der Wand.

Rudi in seinem Zimmer. Er packt Trudis Koffer. Langsam und bedächtig.

96. Chuo-Park. Außen. Morgendämmerung. Tag.

Nur ein paar Obdachlose sind im Park. Rudi sitzt in Trudis Klamotten, aber mit seinem Mantel darüber und mit seinem Hut auf dem Kopf auf einer Bank und wartet. Yu kriecht aus ihrem Karton. Überrascht sieht sie Rudi weiter weg sitzen. Langsam kommt sie näher.

Yu: Hello.

Rudi: Hello.

Er öffnet seinen Mantel, zeigt Yu Trudis Kleider.

Rudi: My wife wants to go on trip. You come with her?

97. Im Zug. Innen. Außen. Tag.

Tokio zieht immer schneller vorbei. Yu und Rudi sitzen nebeneinander im Zug. Yu zeigt Rudi, wie man Onigiri isst.

Yu: What if we don't see him?

Rudi: Him? Is he a man? Mr Mount Fuji?

Yu: Yes. Mr Fuji very shy. Many clouds. Very often he don't want us to see him.

Sie versteckt sich hinter einem Schal, zeigt Rudi, was sie meint.

98. Fuji. Außen. Tag.

Es regnet in Strömen. Yu und Rudi stehen am Saiko-See. Ein Mann, den sie fragen, zeigt in den dichten Nebel. Da drüben soll der Fuji sein. Ah so.

99. Minshuku. Innen. Tag.

Yu und Rudi in einem traditionellen Zimmer im Minshuku. Yu bindet Rudi den Gürtel seines Kimonos zu.

100. Minshuku-Esszimmer. Innen. Abend.

Rudi und Yu sitzen mit anderen Familien, die alle einen identischen Kimono tragen, im Esszimmer. Rudi betrachtet die Kinder, die spielen oder sich einfach auf die Erde legen, wenn sie müde sind, die jungen Mütter, ihre Männer, die Bier trinken und meist stumm sind, die Kellnerinnen, die sich alle paar Minuten hinknien, um zu bedienen und abzuräumen.

101. Vor Minshuku. Außen. Tag.

Rudi und Yu treten in identischen Kimonos aus dem Minshuku, sehen hinaus in den Nebel. Kein Fuji. Sie schütteln den Kopf, gehen wieder hinein.

102. Minshuku-Zimmer. Innen. Nacht.

Rudi geht es schlecht. Er liegt auf seinem Futon. Yu kniet neben ihm und kühlt ihm mit einem kleinen Handtuch die Stirn.

YU: Tell me about your wife.

RUDI: She was a wild girl. And then she met me.

YU: But you are wild, too.

Rudi: No. I am shy. She is wild. Now she is wild inside of me. I want to sleep, she wants to dance.

103. Minshuku-Zimmer. Innen. Tag.

Rudi schläft. Yu kommt auf Zehenspitzen in sein Zimmer, zieht die Vorhänge zurück – und da ist der Fuji! Genau in der Mitte des Fensters, perfekt eingerahmt, erstrahlt er im schönsten Sonnenschein.
Yu rüttelt Rudi, aber er wacht nicht auf. Sie bekommt Angst, schüttelt ihn, da schlägt er endlich die Augen auf. Yu deutet auf den Fuji. Ungläubig richtet sich Rudi auf.

104. Seilbahn. Außen. Tag.

Mit der Seilbahn fahren Rudi und Yu auf den Fuji. Mit einer Wegwerfkamera macht Yu Fotos von Rudi vorm Fuji.

105. Montage Fuji. Außen. Tag.

Rudi und Yu vor einem Aussichtsboot, das geformt ist wie ein riesiger Schwan. Dahinter der Fuji. Perfekt in seiner Form. Montage: Immer wieder Rudi vorm Fuji. Auf der Straße, im Zimmer, an einem See, auf einem Parkplatz, immer mit dem perfekten, gleichbleibenden Berg hinter sich.

106. Café am Saiko-See. Außen. Innen. Tag.

Auch hier natürlich der Fuji in perfektem Ausschnitt vorm Fenster. Yu und Rudi legen alle Fotos, die sie vom Fuji gemacht haben, nebeneinander.

RUDI: One hundred views of Mount Fuji.

YU (lacht): Not one hundred.

RUDI (murmelt traurig): Ich war da. Und du nicht.

YU: What?

RUDI: I was there. But she not.

YU: You and your wife. Both see Fuji.

RUDI: How do you know?

YU: I know.

107. Minshuku-Zimmer. Innen. Außen. Nacht.

Rudi wacht auf. Es geht ihm schlecht. Er schwitzt. Er öffnet das Fenster. Im Mondlicht strahlt der Fuji direkt vor seinem Fenster.

Rudi schminkt sich das Gesicht weiß. Die Augen schwarz, die Lippen rot. Zieht Trudis Kimono an. Vorsichtig schleicht er sich aus dem Minshuku. Von weitem sieht er aus wie ein Gespenst.

108. Fuji. Straße am Saiko-See. Außen. Morgendämmerung.

Mühsam und schwer atmend geht Rudi eine kleine, stillgelegte Straße hinauf. Direkt vor ihm liegt strahlend der Fuji.

Rudi: Hier? Wär's dir hier recht? Ja? Gut.
Keuchend hält er an. Er fängt an zu tanzen. Ganz langsam. Vollkommen entrückt. Und irgendwann ist Trudi plötzlich da und tanzt mit ihm. Rudi lächelt. Er ist glücklich. Er tanzt schneller. Er atmet schwer, wie in Agonie.

109. Minshuku-Zimmer. Innen. Außen. Tag.

Yu wird langsam unruhig. Sie fragt die Wirtin nach der Uhrzeit. Geht aus dem Minshuku hinaus.

110. Straßen. Saiko-See. Außen. Tag.

Yu läuft die Straßen ab, ruft Rudis Namen.

111. Minshuku-Zimmer. Innen. Tag.

Yu sitzt verloren und einsam da. Macht Rudis Koffer auf, in dem sich ausschließlich Trudis Klamotten befinden. Im Koffer liegt ein Umschlag.
For You, Yu. Darin sind fast 10 000 Euro und das Foto von Trudi als junge Butoh-Tänzerin. Außerdem liegt im Koffer noch das Schild, das Karl ihm gemalt hat, mit seinem Namen, seiner Adresse, seiner Telefonnummer.

112. Minshuku-Zimmer. Innen. Nacht.

Yu sitzt ganz ruhig in Rudis Mantel und mit seinem Hut auf dem Kopf und mit dem Schild um den Hals im dunklen Zimmer.

113. Fuji-Krematorium. Außen. Tag.

Große Kränze hängen an der Wand. Ansonsten nur kahle Wände. Blick auf den Fuji. Karl geht auf den Eingang zu.

114. Fuji-Krematorium. Innen. Tag.

Yu und Karl stehen in der Einäscherungshalle vor einem vergrößerten Foto von Rudi vor dem Fuji. Rudis Asche wird hereingebracht. Der buddhistische Priester gibt ihnen die Stäbchen, mit denen sie Rudis Knochen in die Urne tun. Karl zittern so sehr die Finger, dass er einen Knochen fallen lässt, der flugs von dem Krematoriumsangestellten mit Kehrschaufel und Besen zusammengefegt wird. Am Ende der Zeremonie überreicht der Priester Karl die Urne und Yu das Foto von Rudi.

115. Tokio. Straßen. Außen. Innen. Tag.

Karl und Yu im Taxi.

KARL: Thank you for everything you did for my father.

YU: I did not do anything. Your father happy now.

Karl: You think so?

Yu holt das kleine *Point-It*-Wörterbuch aus ihrer Tasche und zeigt auf zwei Frühlingsrollen, die dicht nebeneinander auf einem Teller liegen.

Yu: Your father. Your mother.

Karl: Aha.

Er versteht sie überhaupt nicht. Das Taxi hält an. Beide steigen aus. Karl nimmt ihren kleinen Koffer aus dem Kofferraum, gibt ihn Yu. Er selbst nimmt die Urne in ihrer Box. Sie verbeugt sich, er verbeugt sich. Sie zieht von dannen, verschwindet im Gewühl. Er sieht ihr nach, geht in die entgegengesetzte Richtung davon. Er kommt an einem Taschentuch seines Vaters vorbei, das der an das Straßengeländer gebunden hat, aber er sieht es nicht.

Allgäu

116. Friedhof. Außen. Tag.

Der schönste Frühling. Die Vögel zwitschern, das Gras sprießt, die Bäume schlagen aus. Die drei Geschwister und Franzi stehen zusammen an Rudis Grab. Daneben das Grab von Trudi mit Holzkreuz und Foto. Derselbe Pfarrer, der schon Trudis Urne begraben hat, begräbt die Urne von Rudi. Er schüttelt allen die Hand.

Pfarrer: Jetzt seid's ihr alle da.

117. Haus Angermeier. Innen. Tag.

Die Kinder sitzen am Esstisch und trinken Kaffee.

Karolin: Wir sind jetzt Waisen. Innerhalb von einem halben Jahr.

Karl: Es ist alles wie ein Traum.

Karolin: Ich kann gar nicht glauben, dass ich hier bin.

Klaus: Es ist alles so verrückt, was du erzählst. Ich erkenne unseren Vater nicht wieder.

Karolin: Er hat Mamas Tod nicht verkraftet.

Karl: In einem Hotel! Mit einer Achtzehnjährigen!

Karolin: In Frauenkleidern.

Karl: Mamas Kleidern.

Karolin: Es ist furchtbar.

Franzi: Vielleicht war er am Ende glücklich.

Alle sehen sie entsetzt an.

118. Tokio. Park. Außen. Tag.

Yu tanzt im Park ihren Telefontanz. Die Kirschbäume haben inzwischen kleine grüne Blätter bekommen. Eine Ente schwimmt im Teich. Up and down, up and down.

Darsteller

Rudi	Elmar Wepper
Trudi	Hannelore Elsner
Yu	Aya Irizuki
Karl	Maximilian Brückner
Karolin	Birgit Minichmayr
Franzi	Nadja Uhl
Klaus	Felix Eitner
Emma	Floriane Daniel
Celine	Celine Tanneberger
Robert	Robert Döhlert
Butoh-Tänzer	Tadashi Endo
Pfarrer	Walter Hess
Arzt	Gerhard Wittmann
Zweiter Arzt	Veith von Fürstenberg
Karls Kollege	Uwe Schmelter
Arbeitskollege von Rudi	Zafer Cilingir

Filmteam

Buch und Regie	Doris Dörrie
Kamera	Hanno Lentz
Schnitt	Inez Regnier
	Frank Müller
Casting	Nessie Nesslauer
Kostüm	Sabine Greunig
Musik	Claus Bantzer
Mischung	Max Rammler
Gesamtkoordination	Ruth Stadler
Redaktion	Bettina Reitz
	Hubert von Spreti
	Jörn Klamroth
	Jochen Kölsch
Ausführender Produzent	Patrick Zorer
Produzenten	Molly von Fürstenberg
	Harald Kügler
Produktionsleitung München	Olaf Schmidt
Produktionskoordination Berlin	Larissa Aston
Produktionskoordination München	Katharina Kursawe
	Jessica Schulze
Filmgeschäftsführung	Birgitt Stüpp
Szenenbild	Bele Schneider
Beratung Requisite	Stephan Balzer

Location Scout Allgäu	Dieter Lotzmann
Location Scout Berlin/Ostsee	Stefan Wöhleke
	Iris Czak
Kostümbild-Assistentin	Cerrin Wendt
Kostüm-Praktikantin	Anna Lucia Nissen
Oberbeleuchter	Michael Beitz
Beratung Maske	Evelyn Döhring
Choreographie und Beratung Butoh-Tanz	Tadashi Endo
Originalton	Marc Parisotto
Ton-Assistenz	Gregory Fernandez
Schnitt-Assistenz	Jana Krohn
Schnitt-Praktikant	Felix Schröder
Standfotograf	Patrick Zorer
	Hanno Lentz
	Kerstin Stelter
Kindercasting	Agentur Tomorrow
Set-Praktikum Berlin	Christian Hesse
Set-Praktikum Allgäu	Christine Loistl
Produktionsfahrer	Antonia Eigner
	Dirk »Keek« Niemeyer
	Marco Preikschat
	Wilfried Schäfer
	Rudi Schön

Crew Japan

Service-Producer	Georgina Pope
Production Manager	Hide Nagahama
Production Coordinator	Masa Kokubo
Location Scout	Takashi Shirasawa
Location Manager	Nobu Imai
Assistant Location Manager	Yosuke Harada
	Hiroyuki Akune
Assistant Camera/Lighting	Jitsu Toyoda
Prop Stylist	Tony Crosbie
Stylist Assistant	Azuna Saito
Casting Director	Asako Fudaba
Production Assistant	Moe Sugawara
Production Vehicles	MTO
Bus Driver	Toru Honda
Equipment Van Driver	Yasushi Ozawa

Endfertigung

Originalton Bearbeitung	Magda Habernickel
Sound Design	Christof Ebhardt
Geräusche	Joern Poetzl
Synchronschnitt Geräusche	Lisa Reinhardt-Geffcken
Synchronschnitt Sprache	Monika Gußner
Mischstudio	ARRI Sound
Dolby Sound Consultant	Norbert Zich
Kopierwerk	ARRI München
	ARRI Schwarzfilm Berlin
Kopierwerksbetreuung	Josef Reidinger
Koordination DI	Tobias Bohlinger
Online	Tatjana Schröter
Titel	Lutz Lemke
DI Colorgrading	Manfred Turek
VFX Shake Artists	David Laubsch
	Stefan Tischner
Kameraequipment	Ludwig Kameraverleih
Pressebetreuung	Petra Schwuchow
Pressebetreuung Set	Kirsten Martins
Assistentin der Produzenten	Susann Schinkel
Versicherung	Assekuranzmakler
	Franz Gossler
Rechtsberatung	Hansjörg Staehle
	Mathias Schwarz
Musikberatung	Charlotte Goltermann
	Katrin Erichsen
Komposition	Claus Bantzer
Klavier	Claus Bantzer
Klarinette	Berthold Bayer
Elbtonal Percussion	
Percussion	Stephan Krause
	Andrej Kauffmann
	Jan-Frederick Behrend
Nathan Quartett Hamburg	
1. Violine	Dana Anka
2. Violine	Maurice-Pascal Mustatea
Viola	Roswitha Killian
Violoncello	Boris Matchin
G-Strings	
Violine	Stefan Pintev
Violine	Rodrigo Reichel

Viola	Jan Larsen
Cello	Phoebe Scott
Kontrabass	Frank Skriptschinski
Musikproduktion	Jan-Frederick Behrend
Assistenz	Philip Krause

Originalsongs

»Little Black Book«
Performed by Napple Tale Courtesy of wavemaster inc.
© 2000 by wavemaster inc. All Rights Reserved

»Pique«
Performed by Princess and the Tower
Written and performed by Steven V. Mitchell
Copyright 1997 Bodarc Productions

»Chinsagu No Hana«
Musik & Text Ryuichi Sakamoto
© 1993 by EMI Virgin Music Inc./KAB America Inc.
Courtesy of EMI VIRGIN Music Publishing
Germany GmbH & Co. KG and EMI Music Germany
GmbH & Co. KG

»m to k«
Performed by externe speichereinheit

»Goldin«
Written and produced by Wasja Schulz & Crystin
Published by Don-Wolfen MV & Peer MV
Courtesy of Don Records

»Fortune Cookie«
Performed by Pizzicato Five
Written by Yasuharu Konishi
Courtesy of Columbia Music Entertainment, Inc.

»Watashio Mitsumete«
Performed by Chara
© 2007 – UNIVERSAL SIGMA
a division of Universal Music K.K. © 2007 HAPPY TOY Ltd.
Courtesy of Universal Music International Division, Universal
Sigma – Universal Music K.K.

»I Give You My Heart«
Performed by Mr President
Matthiesen/Masters, Robin/Rennals, Delroy
© by Hanseatic Musikverlag GmbH & Jetzt Kommz Musikverlag
All Rights on behalf of Hanseatic Musikverlag GmbH
& Jetzt Kommz Musikverlag
Mit freundlicher Genehmigung

»Japan aka Japanese Lullaby«
Performed by Nanwiei Chin Su
© Silvertron Music (ASACP), USA, für D, A, CH:
Ervolksmusik Wolfgang Dorsch (GEMA)
© Silver Wave Records, USA

»Asadoya Yunta«
Musik & Text Ryuichi Sakamoto
© 1993 by EMI Virgin Music Inc./KAB America Inc.
Mit freundlicher Genehmigung
Courtesy of EMI VIRGIN Music Publishing Germany
GmbH & Co. KG
Courtesy of EMI Music Germany GmbH & Co. KG

»The Sound Of Rainy Day«
Composed by Shunsuke Mizuno
Published by Edition Ozella
Musicians: Shunsuke Mizuno (5-string wood bass, tankin),
Shiegeru Sawamura (piano) from the CD *Slow Time Ozella Music*
(Catalogue Number OZ007CD)
Produced by Shunsuke Mizuno
Executive Producer Dagobert Böhm © & © 2005
Ozella Music, Germany

»Hiko-Ki«
Song arranged & performed by Shibusashirazu
(Daisuke Fuwa/ Takuboku Ishikawa)
© 2006 Avex Entertainment Inc.
Published by Shibusashirazu

Original Soundtrack erschienen bei Stereo Deluxe

Vielen Dank an:
NTT DoCoMo – Oakwood Apartments Shinjuku – Maruyaso
Hotel Meereswelle Ahlbeck – Ballettschule Schongau GbR

Eine Produktion der
OLGA FILM
in Co-Produktion mit
Bayerischer Rundfunk
ARD/Degeto und Arte

Gefördert durch
FilmFernsehFonds Bayern
Medienboard Berlin-Brandenburg
Filmförderungsanstalt
Deutscher Filmförderfonds

Im Weltvertrieb von
Bavaria Film International

Im Verleih von
Majestic Filmverleih

Warum, warum, warum?
Über Kirschblüten, Butoh und das Filmen zwischen Ost und West

Warum zieht es mich immer wieder nach Japan? Das ist jetzt nach *Erleuchtung garantiert* und *Der Fischer und seine Frau* schon der dritte Film, den ich – zumindest teilweise – in Japan gedreht habe. Vor mehr als zwanzig Jahren war ich zum ersten Mal dort.

Mein erster Spielfilm *Mitten ins Herz* war zum Filmfestival nach Tokio eingeladen worden, und mit ihm stolperte ich in dieses Land wie in einen Traum. An meinem ersten Abend in Tokio taumelte ich nach fast vierundzwanzig Stunden Reisezeit wie betäubt von der tropisch feuchtheißen Luft durch die Straßen. Auf den Taxis leuchteten bunte Lampions und ein Strom von dunkelgekleideten Menschen zog wie ein riesiger Fischschwarm an mir vorbei. Ich traute mich nicht, in ihn einzutauchen, und gleichzeitig sehnte ich mich danach, einfach mitzuschwimmen, ohne zu wissen, wohin die Reise gehen sollte. Voller Angst, mich zu verirren und mein Hotel nie mehr wiederzufinden, hangelte ich mich von einem Gebäude zum anderen und begegnete dabei dem Regisseur István Szabó, der mich freundlich begrüßte, als seien wir alte Bekannte, dabei waren wir nur die einzigen Westler weit und breit.

Begeistert aß ich in den nächsten Tagen japanisches Frühstück mit Fisch und Reis, entdeckte einen kleinen Tempel direkt hinter dem Hotel, ansonsten kutschierte mich das Festivalkomitee mit einem Fahrer mit weißen Handschuhen ins Kino und auf luxuriöse Partys, wo kunstvolle Eisskulpturen vor sich hin schmolzen und Frauen im Kimono auf traditionellen Instrumenten Beatles-Songs spielten. Ich küsste japanische Filmfunktionäre auf die Wangen, weil es sie in hysterisches Kichern ausbrechen ließ, und im Gegenzug luden sie mich in den Playboy-Club von Tokio ein. Hoch über Shibuya bedienten mich japanische Frauen in Häschenkostümen, und ich hatte immer mehr das irritierende Gefühl, nicht wirklich in Japan zu sein, sondern nur in einer Attrappe von diesem Land für westliche Langnasen.

In einer Anwandlung von Mut bat ich einen der Filmfunktionäre, mir auf ein Schild die japanischen Zeichen für Tokio zu schreiben, und mit diesem Schild unter dem Arm marschierte ich aus dem Kino hinaus zum Bahnhof Shibuya und nahm den nächsten Zug nach Kamakura. Überwältigt betrat ich kurze Zeit später Tempel und wanderte durch Bambuswälder und glaubte, im Paradies gelandet zu sein.

Von da aus lief ich einfach weiter, immer weiter, konnte kein Wort mehr lesen, keins mehr sprechen, keins verstehen. Das machte mich seltsam heiter, als trüge ich eine Tarnkappe, obwohl ich, blond und groß und zu allem Überfluß noch in einen leuchtend gelben Regenmantel gekleidet, über alle Maßen sichtbar war. Vielleicht war es weniger eine Tarn- als eine Narrenkappe, denn ich schien meine Umgebung in meiner typisch westlichen, tollpatschigen Art über die Maßen zu erheitern und hatte so viel Spaß wie schon lang nicht mehr.

Vorsätzlich verirrte ich mich nun immer weiter, das Schild mit den Zeichen für Tokio im Rucksack war meine einzige Sicherheit, jemals wieder zurückzufinden. Ich ließ alles hinter mir, was ich selbst über mich dachte; und was die Japaner über mich dachten, erfuhr ich aus purer Höflichkeit und wegen mangelnder Sprachkenntnisse nicht.

Sie nahmen mich an der Hand und zeigten mir Hotels, Restaurants, den Weg, oder sie hielten in ihren Autos an – meist nicht, um mich mitzunehmen, sondern um ein Foto von mir zu machen.

Ich fuhr weiter und weiter, oder im Kreis – bis heute weiß ich nicht so recht, wo ich wirklich gewesen bin. Ich entdeckte immer neue, romantisch gelegene Tempel und Shintoschreine und dann wieder riesige, amerikanische *Shopping malls* und Bingohallen, kleine Kopfsteinwege durch die Dörfer neben gigantischen Autobahnüberführungen, allerliebst in Tellern angelegte Minigärten und durch Industrieanlagen verwüstete Landstriche. Das Nebeneinander von Alt und Neu, dem traditionellen und amerikanischen Einfluß erinnerte mich oft an zu Hause. Deutschland und Japan: Kriegsverlierer und Wirtschaftswunderländer. Amerika als Land der Sehnsucht.

Ich führte gesungene Unterhaltungen mit wildfremden Menschen, mit denen ich zwar keinen Satz wechseln, aber amerikanische Popsongs austauschen konnte, deren Texte wir sowieso nie ganz verstanden hatten, und so sang ich mit einem jungen japanischen Geschäftsmann in seinem Porsche *De taims dei a ei shein shin* (*The Times They Are A-Changin'* – Bob Dylan) und mit einer Mutter mit winzigem Kind in einem winzigen Toyota *Wi no ni a na ta hi ho* (*We Don't Need Another Hero* – Tina Turner).

Immer mehr verlor ich mich in einem Gefühl des ›verirrten Aufgehobenseins‹. Eine verblüffende, fast zärtliche Direktheit legten die Leute im Umgang mit mir an den Tag, die in der allgemeinen Vorstellung von den zurückhaltenden Japanern nicht vorkommt. Ich wollte nie wieder zurück, nie wieder nach Hause, wo ich in wenigen Wochen einen Film mit dem Titel *Männer* drehen sollte.

Natürlich fuhr ich doch heim und ging dann zu Hause allen auf die Nerven mit meiner Japanophilie. Ich lernte japanisch kochen, versuchte japanische Schriftzeichen zu schreiben, trank grünen Tee, schlief auf harten Futons. Ich schrieb die Kurzgeschichte *Samsara* über meine erste Japanreise und sehnte mich lange vergeblich danach, zurückzukehren.

Erst 1994, also fast zehn Jahre später, kam ich wieder hin.

Dieses Mal jedoch mit meiner fünfjährigen Tochter, und das wurde eine ganz andere Reise als die erste. Nicht mir galt jetzt das Interesse, sondern meinem blondgelockten Kind, das behandelt wurde wie ein nahezu göttliches Wesen. Das ganze Land passte auf es auf. An einem Bahnhof wie Shinjuku, durch den an einem einzigen Tag mehr als zwei Millionen Fahrgäste strömen, nahmen immer wieder wildfremde Menschen mein Kind an die Hand, um es der einzigen blonden Frau weit und breit sicher zuzuführen. An jeder Straßenkreuzung passten Leute auf, dass mein Kind nicht bei Rot über die Straße lief. Wenn meine Tochter etwas fallen ließ, eilten sofort mehrere Menschen herbei, um es ihr wieder aufzuheben. Jeder Wutanfall, jedes Rabaukentum wurde ihr verziehen. Später fand ich heraus, dass alle kleinen Kinder in Japan komplette Narrenfreiheit genießen. Wir waren jetzt also als zwei Narren unterwegs: ein großer und ein kleiner.

Zwei Monate lang sollte ich Vorlesungen an verschiedenen Universitäten halten.

Meine Tochter und ich hatten zuvor ein wenig Origami gelernt, was sich als der schamloseste Trick überhaupt entpuppte, denn kaum ein Japaner kann sich Tränen der Rührung erwehren, wenn er von einem deutschen Kind einen gefalteten Kranich überreicht bekommt.

Wenn ich meine Vorlesungen hielt, verteilte meine Tochter Origami-Papier an die Studenten, die automatisch vor sich hin falteten, weil jeder Japaner Origami im Kindergarten lernt, und am Ende sammelte sie alles wieder ein.

Abends sortierten wir unsere Origami-Beute und gaben den Studenten Noten für ihre Schöpfungen. Der Gewinner hatte eine Armada von kleinen Nonnen gefaltet.

Obwohl mir das Universitätsleben altmodisch und vollkommen erstarrt erschien, wie vieles im öffentlichen

Raum, erlebte ich im Alltag eine noch größere Vertrautheit und Direktheit als bei der ersten Reise.

Mit meiner Tochter entdeckte ich die japanische Badekultur, da ich zum Entsetzen der Veranstalter darauf bestanden hatte, in *Minshukus* zu übernachten, kleinen, traditionellen Pensionen, die oft nur ein Gemeinschaftsbad haben. Die *Minshuku*-Besitzer haben oft Angst vor westlichen Besuchern, denen sie die Regeln ihrer Pension nicht erklären können und die deshalb alles falsch machen. Beispielsweise mit Hausschuhen, die man auf der Toilette trägt, Räume betreten, nicht auf die Sekunde pünktlich im korrekt gebundenen Kimono zum Essen erscheinen und – o Entsetzen! – sich im Badewasser einseifen!

Beeindruckend fand ich beim Gemeinschaftsbad mit den Frauen die große Selbstverständlichkeit im Umgang mit dem Körper, auch wenn er bereits alt und gebrechlich ist. Es ist eine schwer zu beschreibende Härte im Umgang mit dem Unvermeidlichen, die eine große Freiheit beinhaltet. Es ist so, wie es ist. Was Macken und Fehler hat, gewinnt dadurch erst Schönheit. Alte Frauen und junge, bildhübsche Mädchen saßen vollkommen entspannt zusammen im heißen Wasser und schienen sich weder zu beneiden noch zu fürchten.

Ich verstand das japanische Alltagsleben im familiären Umfeld der *Minshukus* sehr viel besser über die Perspektive meiner Tochter als zuvor auf meinem verrückten Tramptrip allein. Die meist traditionelle Architektur der *Minshukus* mit ihren Reisstrohmatten und Schiebewänden wirkte wundersam beruhigend. Wahrscheinlich, weil die Räume leer sind und die Erwachsenen mit den Kindern am Boden sitzen.

Immer wieder beobachtete ich fasziniert eine große Sorgfalt – ob es das Bettenmachen im *Minshuku* war, das Baden, das Essen, das Verhalten, die Art, wie man etwas einwickelt, oder wie man jemandem eine Visitenkarte überreicht: Immer gab es eine besondere Achtsamkeit und Liebe zu den Dingen und zum Detail, die auch einen Namen hat: *Mono no aware.* Darüber ist viel Unsinn geschrieben worden, und es ist wie vieles Japanische im Westen ins Mythische überhöht worden. Es gibt unzählige Übersetzungen dafür, die drei, die mir am besten gefallen, sind: ›Entzückt und wehmütig berührt sein‹. ›Angerührt sein von den Dingen‹. ›Das Aufgehen des Ichs in den Dingen der Welt‹. Vielleicht ist es einfach ein ausgeprägteres Bewusstsein für die Vergänglichkeit und deshalb ein konzentriertes Vergnügen an den einfachen Dingen des Lebens. Essen und Baden. Wer einmal erlebt hat, wie nach dem Bad im Esssaal zusammen gegessen wird und alle dabei ihre Kimonos tragen und keiner etwas dabei findet, wenn man sich zwischendurch hinlegt und ein Nickerchen hält, die Kinder herumtollen und die Mütter ein bisschen angeschickert mit ihren Männern flirten, glaubt, im Familien-Paradies zu sein.

Von einem rosa Telefon aus, das aussah wie ein kleiner rosa Elefant, telefonierte ich mit meinem Mann in Deutschland und bedauerte zutiefst, dass wir nicht zusammen in Japan waren. Die ganze Familie, das wäre schön gewesen …

Zurück in Deutschland sah ich die Filme von Yasujiro Ozu im Fernsehen. In der Filmhochschule hatten sie mich eher gelangweilt, ich war wohl zu jung und ungeduldig für ihren Rhythmus und ihr Thema gewesen, aber dieses Mal trafen sie mich mitten ins Herz. Ich erkannte die besondere japanische Liebe zu allen Dingen und ihrer verflixten Vergänglichkeit wieder, eben dieses *mono no aware,* und gleichzeitig war Ozus immer gleichbleibendes Thema jetzt auch mein Lebensthema geworden: die Familie.

Wieder und wieder erzählt Ozu Familiengeschichten, so wie Hokusai immer wieder Mount Fuji gemalt hat. Immer wieder die Annäherung an ein und dasselbe Thema.

Hundert Ansichten von Mount Fuji.

Hundertmal Abschied. Ich habe Geschichten über Abschied geschrieben und Filme darüber gedreht, als ich noch gar keine größeren Abschiede in meinem Leben erlebt hatte. Wie einen Voodoo-Zauber, um mich zu schützen.

Half alles nicht. Als mein Mann lebensgefährlich erkrankte, begann ich zu meditieren, was anfangs nichts mit Zen oder Japan zu tun hatte, sondern einfach damit, dass sonst nichts mehr half, als einfach nur stillsitzen. Alle Konzepte und Vorstellungen, die ich von meinem Leben gehabt hatte, lagen in Trümmern. Nichts war mehr so wie zuvor. Mir war der Teppich unter den Füßen weggezogen worden, was nach der buddhistischen Lehre ein sehr günstiger Moment ist, um ›aufzuwachen‹.

Nach dem Tod meines Mannes 1996 war ich überzeugt davon, dass ich ohne ihn, der Kameramann gewesen war, keine Filme mehr machen könne.

Ein Freund meines Mannes, Werner Penzel, überredete mich, es dennoch zu versuchen und ganz ohne Plan den Dokumentarfilm *Augenblick* zu drehen, jeden Tag mit einer kleinen Videokamera loszuziehen und einfach nur zu schauen.

Die Struktur fand sich durch die Nähe zu dem Betrachteten. Das Gesehene begann zu sprechen und mich zu führen. Das war etwas ganz anderes, als ich gewohnt war, nämlich mit einem großen Team, einem festgelegten Drehbuch und einer exakt geplanten Shotlist an einen Drehort zu gehen und dort zu versuchen, durch Fiktion eine Wirklichkeit herzustellen, sie zu reinszenieren.

Durch die Amateurvideokamera bekam ich eine Tarnkappe: Ich wurde zur Touristin und musste nur stillhalten und schauen, anstatt den Bildern hinterherzulaufen und sie in meine Vorstellung von ihnen zu pressen.

Und siehe da: Die Kontrolle aufzugeben stellte sich für mich als aufregender und auch vielleicht ›liebevoller‹ heraus, als sie auszuüben. Diese Art zu drehen schien mir jetzt besser geeignet, den Dingen auf den Grund zu gehen und herauszufinden, wie Leben funktioniert.

Ich versuchte, sie auf einen Spielfilm zu übertragen, und erfand eine Geschichte von zwei Brüdern, die in ein Zenkloster nach Japan fahren und alles verlieren, was ihre Identität zuvor ausgemacht hatte: Familie, Geld, Pass. Mein neues Vorbild war Bassho, der Dichter, der im 17. Jahrhundert durch Japan wanderte und inspiriert von seiner Umgebung jeden Tag ein Haiku schrieb.

Beispielsweise:

Der Frühling scheidet:
Die Vögel weinen – selbst den Fischen
Kommen die Tränen.

Aber auch:

Nichts als Flöhe und Läuse
Und nah an meinem Kopfkissen
Pisst auch noch ein Pferd.

Mit einem absichtlich nicht ausformulierten Drehbuch bewegten wir uns mit einem Fünf-Mann-Team, zwei kleinen Videokameras und den beiden Schauspielern durch ›mein‹ Japan, ganz so, wie ich es auf den beiden Reisen zuvor erprobt hatte. Ich wusste dabei sehr genau, dass wir als *Gaijin* (Ausländer) Narrenfreiheit genossen – und auch in Anspruch nahmen –, die Japanern so nicht gewährt wird. Gleichzeitig genießen Japaner aber auch den regelfreien Raum, der den Kontakt mit Ausländern ermöglicht. Da die *Gaijin* alles falsch machen, wirken sie in ihrer Tollpatschigkeit und Ahnungslosigkeit manchmal auch durchaus befreiend. Der Abt vom Kloster Sojiji in Notto, der uns die Drehgenehmigung erteilte, wunderte sich zwar über unser Vorhaben, gleichzeitig war er – streng nach Zenlehre – neugierig auf unseren frischen ›Anfängergeist‹, und musste dann seinen jungen Mönchen die Lachkrämpfe untersagen, in die sie beim Anblick unseres hilflosen Bemühens, die Klosterregeln zu befolgen, verfielen. Vor allem tat ich mich schwer mit den Regeln, die bis aufs i-Tüpfelchen befolgt werden mussten. Der Abt erklärte mir geduldig die Notwendigkeit der Regeln so: Die Regeln sind dazu da, einen in ihrer achtsamen Befolgung in die Gegenwart zurückkehren zu lassen. Die Aufforderung, jeden Augenblick mit Hingabe nur das zu tun, was man gerade tut, und in banalen Tätigkeiten den ganzen Kosmos zu entdecken, das Göttliche im Putzlappen sozusagen, ließ sich durchaus aufs Filmedrehen übertragen.

Der Kameramann sah durchs Objektiv, die Schauspieler putzten, der Tonmann konzentrierte sich auf den Ton – und die Regisseurin? Immer wieder gaben mir die Mönche einen Besen oder ein Scheuertuch in die Hand, wenn sie mich scheinbar tatenlos neben der Kamera stehen sahen. Also wischte und fegte ich um die Schauspieler und den Kameramann herum und flüsterte ihnen meine Anweisungen zu.

Ich war in meiner Version des *cinéma vérité* angekommen.

Zum Abschied dichtete der Abt für jeden von uns ein Haiku. Ich bekam:

Im Herbstwind
bin ich ein
unbekannter Pferdeknochen.

Verstehen Sie, warum mich Japan in größte Heiterkeit versetzt?

Nach dieser Erfahrung wollte ich nie wieder anders arbeiten, tat es aber doch, weil meine nächsten beiden Drehbücher weder die digitale Aufnahme noch die guerillahafte Produktionsweise rechtfertigten. Mit *Nackt* und *Der Fischer und seine Frau* drehte ich zwei konventionell produzierte 35-mm-Kinoproduktionen mit großem Stab, die mich aber mit ihrer Unmöglichkeit, auf das Leben um mich herum direkt reagieren zu können, ungeduldig machten.

Es ging also darum, die geeignete Geschichte zu finden, die auch die Produzenten überzeugen würde, dass sie nur in der Manier von *Erleuchtung garantiert* gedreht werden konnte.

Wann eine Geschichte wirklich entsteht, ist oft nicht auszumachen. Es ist ein Zusammenströmen von unterschiedlichsten Impressionen und Inspirationen, die sich wie in einem chemischen Prozess plötzlich und überraschend konsolidieren.

Mit dem Roman *Das blaue Kleid* hatte ich eine Geschichte über Trauer geschrieben, und das Thema Tod und Abschied ließ mich noch nicht los. Gleichzeitig begann ich mich für Geschichten von Eltern und Kindern zu interessieren, weil ich – noch – die Perspektiven von beiden einnehmen konnte, mich genau in der Mitte zwischen beiden zu befinden schien.

Bei der Arbeit an den Opern *Turandot* und *Rigoletto* wurde mir das besonders deutlich, und ich begann, Geschichten über Töchter und ihre Väter zu schreiben, die in den Roman *Und was wird aus mir?* mündeten (2007).

In Berlin sah ich 2003 die Filme von Ozu zum dritten Mal wieder, in einer Retrospektive zu seinem 100. Geburtstag. Meine einschneidenden Filmerfahrungen habe ich immer wieder Herrn und Frau Gregor zu verdanken gehabt, die jahrzehntelang das Programm des Arsenals und die Retrospektiven der Berlinale betreut haben: Fast alle Filme von Billy Wilder sah ich durch sie, die nur selten gezeigten Filme von Jonas Mekas und ebenso die Filme von Yasujiro Ozu. Diese drei höchst unterschiedlichen Regisseure bilden inzwischen so etwas wie meinen kleinen Kanon: der Humor und die Geschwindigkeit von Wilder, der radikal persönliche dokumentarische Blick von Jonas Mekas, die große Formvollendung und Geduld mit seinen Figuren und ihrem Leben von Ozu.

Entscheidend inspiriert hat mich natürlich für *Kirschblüten – Hanami* Ozus Film *Tokyo Monogatari* (1953), der seinerseits die Geschichte von dem amerikanischen Film *Make Way For Tomorrow* (1937) von Leo McCarey übernommen hatte. Eine Geschichte aus dem Westen reist in den Osten – und vom Osten wieder in den Westen, denn inspiriert von der Anfangskonstellation von

Ozus Film, entwickelte ich die Geschichte des verwitweten Vaters weiter, der aus Deutschland in das Land Ozus reist. Dort findet er einen Menschen, der sich seiner annimmt, ohne mit ihm wirklich eine Sprache teilen zu können: die junge Butoh-Tänzerin Yu.

Was Butoh ist? Ähnlich wie Zen und *mono no aware* ist Butoh sprachlich schwer fassbar. Butoh habe ich nicht in Japan, sondern eines Nachts auf Arte entdeckt, in dem Dokumentarfilm von Peter Sempel über den berühmten Butoh-Tänzer Kazuo Ohno. Butoh entstand in den sechziger Jahren als Mischung aus japanischer Hippiebewegung (ja, die gab's wirklich!) und deutschem Ausdruckstanz. Klingt schräg – ist es auch. Aber wie fast alles in Japan blieb es nicht schräg, sondern wurde zu Form. Im Butoh geht es um die Darstellung von Licht und Schatten, Geburt und Sterben, Entstehen und Vergehen. Freude wird zu Schmerz und wieder zu Freude.

Fasziniert sah ich Kazuo Ohno als alten Mann in Frauenkleidern und mit einer Blume in der Hand in Zeitlupe tanzen – und das war eigentlich schon alles. Aber es war weder Pantomime noch der Versuch, eine Frau darzustellen, sondern etwas ganz anderes. Etwas, was ich noch nie gesehen hatte: die visuelle Darstellung der Anwesenheit der Toten in uns.

Ich recherchierte, wer Butoh-Tanz in Deutschland unterrichtet, und stieß im Internet auf Tadashi Endo, einen weltberühmten japanischen Butoh-Tänzer, der jedoch in Göttingen wohnt und auch dort unterrichtet. Welch ein Glück! Ich meldete mich für einen Workshop an, und die erste Aufgabe, die ich von Tadashi bekam, war, den Tanzboden ganz genauso zu putzen, wie ich es aus dem Kloster in Japan kannte.

Ich sah Tadashi tanzen und bekam denselben ›Stromschlag‹, den ich beim Anblick von Kazuo Ohno bekommen hatte. In Yokohama sah ich später Tadashi für Kazuo Ohno zu seinem 100. Geburtstag tanzen, und am Ende kam Ohnos Sohn mit seinem gelähmten Vater im Rollstuhl auf die Bühne und tanzte mit ihm. Ich war zwischen Abwehr und Faszination hin- und hergerissen, aber als ich Tadashi fragte, wie das auf ihn gewirkt habe, sagte er: »Wieso? Soll der arme Mann nur im Bett liegen? Er ist Tänzer.«

Zwei Jahre später gingen wir nach unserer Abschlussparty des letzten Drehtages in Tokio nach Hause, und Tadashi sagte, er wundere sich, wie gut ich mich in Shinjuku auskenne. In dem Augenblick standen wir genau unter der großen Epson-Reklame, wo sich Uwe Ochsenknecht und Gustav Wöhler in *Erleuchtung garantiert* verirrt hatten und die ganze Geschichte ihren Lauf nahm. Die Geschichte von *Kirschblüten* begann auch mit Tadashi und seinem Unterricht, seiner Bemühung, uns zu vermitteln, in all unseren Bewegungen unsere Verbindung zu unseren Vorfahren zu erkennen. »Die Toten träumen von uns«, sagte er irgendwann.

Dieser Satz wurde zu einem Leitmotiv für mich.

Wenn die Toten von uns träumen, dann sind vielleicht sämtliche Zeichen der Vergänglichkeit kleine Postkarten, die sie uns schicken. Die Kirschblüte als Symbol für Vergänglichkeit hat eine lange Tradition in Japan, und ich hatte sie nie gesehen! Zwar hatte ich kiloweise Plastikkirschblüten mit meinem Ausstatter Bernd Lepel für unsere *Madame-Butterfly*-Inszenierung von Tokio nach München geschafft, aber immer war ich entweder zu früh oder zu spät in Japan gewesen, um sie zu erleben.

Auch den Fuji hatte ich nie zu Gesicht bekommen, weil er immer in Wolken eingehüllt war.

Im März 2006 fuhr ich los und machte mich auf die Suche nach Kirschblüten und Fuji-san, Herrn Fuji, wie er auf Japanisch höflich genannt wird.

Es sind schon ganz andere Regisseure an ihm verzweifelt, z.B. Kurosawa, der wochenlang darauf wartete, dass Fuji-san sich zeigen möge, und schließlich seinen Regieassistenten losschickte, er solle bitte dafür sorgen, sonst müsse man am nächsten Tag den ganzen Film abbrechen. Und tatsächlich strahlte am nächsten Morgen die Sonne, Mount Fuji zeigte sich in all seiner Majestät, und der Regieassistent hat nie verraten, wie er das geschafft hat.

Auch ich sah Fuji-san. Endlich. Und war sprachlos. Er ist übernatürlich. Man glaubt es einfach nicht. Er sieht aus wie eine Erfindung des Photoshop. Sein Gipfel ist weißer als weiß, der Himmel um ihn herum blauer als blau.

Er musste in meinem Film auftauchen – und wenn ich wochenlang auf ihn würde warten müssen! An seinem Fuß entdeckte ich eine kleine Pension, die denen glich, in denen ich vor mehr als zehn Jahren mit meiner Tochter gewohnt hatte. Jedes Fenster des Hotels war exakt in seinem Ausschnitt auf den Fuji ausgerichtet, war also bereits eine Einstellung. Ein weiterer Drehort.

Ich fand ein Krematorium mit Blick auf den Fuji, das ich mir merkte, ohne zu wissen, wie ich es einbauen wollte.

»Am Fuji war es eiskalt, beim nächsten Mal Mütze und Handschuhe nicht vergessen!«, hatte ich in mein Tagebuch geschrieben, aber in Tokio blühten bereits die Kirschbäume.

Ein weißer Rausch hatte die Stadt überfallen, die Menschen blieben stehen, um die Kirschblüte zu betrachten, und lächelten. *Hanami* heißt: die Kirschblüte betrachten. Mit meinem Freund Takashi klapperte ich jeden Park ab, lernte mindestens dreihundert der vierhundert Sorten Kirschblüten kennen, feierte unzählige Hanami-Partys auf blauen Plastikplanen und trank heißen Sake aus Thermoskannen.

Es war ganz klar: Die Kirschblüte musste in den Film. Sollte festgehalten werden in ihrer Vergänglichkeit. Als Widerspruch und Herausforderung.

Langsam häuften sich die schwer kalkulierbaren Naturereignisse: Kirschblüte, freie Sicht auf den Fuji, und als Ausgangspunkt für die ganze Geschichte hatte ich mir auch noch das Allgäu in den Kopf gesetzt, das in den letzten achtzehn Jahren meine Heimat geworden ist und das ich besonders liebe, wenn im frühen Mai der Löwenzahn vor schneebedeckten Bergen blüht.

Außerdem sollte Berlin vorkommen, als größtmöglicher Kontrast zum Allgäu, und die Ostsee wegen des unvergleichlichen Lichts über dem Wasser. Die Bewegung der äußeren wie inneren Geschichte hatte ich jetzt genau im Kopf: vom Allgäu nach Berlin, an die Ostsee, zurück ins Allgäu, nach Tokio und am Ende zum Fuji. Ich wusste allerdings auch sehr genau, dass kein Produzent der Welt bereit sein würde, so viele Imponderabilien in einem einzigen Film zu riskieren – außer ich erfand eine Produktionsweise, die all die Unwägbarkeiten in die Geschichte einplante und sogar zuließ, dass sie sie beeinflussten.

Die Zauberformel hatte ich ja bereits in der Hosentasche: kleines Team, digitale Technik. Seit *Erleuchtung garantiert* hatte sich viel getan. Inzwischen gibt es hochauflösende HDTV-Technik in kleinen mobilen Einheiten, die auch hohe Ansprüche an Schärfe und Auflösung erfüllt.

Molly von Fürstenberg und ihre Firma Olga Film, mit denen ich schon meine ersten Filme gemacht hatte, ließ sich von der Geschichte begeistern, und mit Patrick Zorer und Ruth Stadler fand ich zwei ausführende Produzenten, die selbst großen Spaß an dieser wilden Art des Filmemachens haben und die auch divenhafte Kirschblüten, Berge und Löwenzähne nicht abschreckten.

Tatsächlich verhielt sich dann die Kirschblüte 2007 so kapriziös wie nie zuvor. Händeringend standen wir wochenlang unter den winzigen Knospen in Tokio und beschworen die Bäume, sie endlich aufplatzen zu lassen. Ganz Japan war außer sich vor Verzweiflung. Der offizielle Kirschblütenvorhersager wurde gezwungen, sich im Fernsehen öffentlich zu entschuldigen, weil er sich in seiner Vorhersage um glatte zwei Wochen geirrt hatte. Ich wurde krank vor Kummer über die Kirschblüte.

Und dann, im allerletzen Moment, zwei Tage vor unserer beim besten Willen nicht mehr aufschiebbaren Abreise, blühte sie endlich in all ihrer umwerfenden Schönheit auf und entschädigte uns für die ganze Warterei.

Nicht nur leidensfähige und flexible Produzenten braucht man für diese Art, Filme zu machen, sondern auch mutige und risikofreudige Schauspieler, denn nichts ist so, wie sie es sonst gewohnt sind: Es gibt keinen Wohnwagen, kein Catering, keine Betreuung durch unzählige Helfer und Assistenten, keine Pausen. Und jeder Drehtag bringt Unvorhergesehenes, das das normale Maß weit übersteigt.

Elmar Wepper war für mich ein Wunder. Ein vollkommen furchtloser und hingebungsvoller Schauspieler mit großem Herz und riesigem Können, der durch nichts aus der Ruhe zu bringen war. Schon am ersten Drehtag musste er sich – kaum achtundvierzig Stunden nach seiner Ankunft in Japan – in überfüllte U-Bahnwaggons klemmen, ohne zu wissen, wohin er fuhr und ob er überhaupt jemals wieder zurückfinden würde, und nur drei Tage später beschloss der Fuji überraschend, sich kurz zu enthüllen. Wahrscheinlich nur für einen einzigen Tag, laut Wettervorhersage. Wir mussten die Gunst der Stunde nutzen und Rudis letzte Szene, eine schwierige Butoh-Tanzszene, sofort drehen. Und so fanden sich Hannelore Elsner, die gerade eben gelandet war, und Elmar Wepper morgens um vier im Hotelflur wieder, wo sie von mir und Tadashi geschminkt wurden, um dann im Nachthemd bei null Grad unter dem Fuji zu tanzen.

Wer die Szene mit diesem Hintergrund sieht, kann vielleicht die unglaubliche Professionalität der beiden einschätzen. In jedem Augenblick ganz und gar anwesend sein. Da war sie wieder, die Aufforderung vom Abt aus Sojiji. Und nicht umsonst hatten wir, wie es in Japan für Filmteams üblich ist, vor dem ersten Drehtag eine buddhistische Zeremonie in einem Tempel gebucht. Der Priester rezitierte die Herzsutra, die besagt, dass alles leer und Illusion ist, und dann wünschte er uns in einem Atemzug Glück, Gesundheit, gutes Wetter und »gutes Boxoffice« – also viel Geld an den Kinokassen.

Für unsere japanischen Kollegen alles ganz normal. Überhaupt war ihnen unsere spontane Guerilla-Methode sehr geläufig, denn wenn man versucht, in Japan ›offiziell‹ zu arbeiten, wird alles sehr mühsam und von den Behörden bis ins kleinste Detail festgelegt. Hanno Lentz, mein Kameramann, versuchte gar nicht erst, mit einer digitalen Technik eine analoge zu imitieren, sondern spielte lässig mit Vor- und Nachteilen, genoss das Unvorhersehbare und setzte gleichzeitig unsere ästhetischen Überlegungen genau um.

Auf der einen Seite folgten wir also penibel dem Drehbuch und unseren formalen Vorstellungen, gleichzeitig stürzten wir uns in den Strom der realen Bilder, die unsere Geschichte jederzeit beeinflussen und weitererzählen durften.

Wir sahen zum Beispiel im Vorbeifahren die Gruppe der *Free-Hug*-Bewegung auf der Harajuku-Brücke, und schon hielten wir an, sprangen aus dem Auto, ich gab Elmar kurze Regieanweisungen, wir folgten ihm mit Ton und Kamera. Elmar ging in seiner Rolle als Rudi auf die Gruppe zu, improvisierte einen kleinen Dialog, wurde prompt umarmt, verabschiedete sich: »Servus, auf Wiederschaun, goodbye.« Das ergab im Zusammenhang eine stimmige Szene für die Einsamkeit von Rudi in Tokio, der sich nach menschlichem Kontakt sehnt, den ihm sein Sohn nicht gewährt. Erst danach klärten wir die Gruppe auf, baten um Genehmigung, die Szene benutzen zu dürfen, und erzählten ihnen die Geschichte des Films.

Bei meinen Recherchen 2006 hatte ich auf den Hanami-Partys ein betrunkenes Mädchen in einem Pandabärenkostüm gesehen. Also mieteten wir ein Kostüm, netterweise übernahm unsere Schauspielerin Aya die Rolle des betrunkenen Pandabären, der sich auf einer echten Hanami-Party 2007 unters Volk mischt und da die Drehbuchszene mit Maximilian Brückner spielt.

In Deutschland hatte ich eine Szene für einen typisch grauen Tag an der Ostsee geschrieben, wenn die Kinder nach dem Tod ihrer Mutter anreisen, aber überraschenderweise war es Ende April so warm wie im Hochsommer, und wir waren umringt von Leuten in Badehose und Bikini.

Wir überlegten, wie wir die Wirklichkeit nutzen könnten, und erzählten dann gezielt den Kontrast zwischen fröhlichen Badegästen und schwarzgekleideten Trauernden, was die Szene am Ende nur umso stärker gemacht hat.

Für uns alle war die Vermischung von Realität und Fiktion seltsam beglückend, als sei der Unterschied zwischen Wachen und Träumen aufgehoben und nicht mehr ganz klar, wo wir uns jeweils befanden, aber zu jeder Zeit fühlten wir uns näher an dem Eigentlichen: entzückt und wehmütig angerührt von den Dingen. Vielleicht war das *mono no aware.* Vielleicht.

Danke an alle. *Domo arigato.*

Bitte beachten Sie
auch die folgenden Seiten

Doris Dörrie im Diogenes Verlag

»Doris Dörrie ist als Erzählerin Spezialistin in diffizilen Angelegenheiten der kleinen Rache und gezielten Ohrfeigen zum Zwecke der Unterstützung des eigenen Selbstwertgefühles. Sie ist eine sehr gute Kurzgeschichten-Schreiberin mit der erforderlichen Prise Selbstironie und mit stilistischer Eleganz.«
Annemarie Stoltenberg/Die Zeit, Hamburg

»Es ist vollkommen gleichgültig, ob Sie Doris Dörrie in der Badewanne, im Intercity-Großraumwagen, im Lehnstuhl oder in der Straßenbahn lesen, nur: Lesen Sie sie!« *Deutschlandfunk, Köln*

Liebe, Schmerz und das ganze verdammte Zeug
Vier Geschichten
Daraus die Geschichte *Männer* auch als Diogenes Hörbuch erschienen, gelesen von Anna König

»Was wollen Sie von mir?«
Erzählungen. Mit Fotos von Helge Weindler

Der Mann meiner Träume
Erzählung

Für immer und ewig
Eine Art Reigen

Bin ich schön?
Erzählungen

Samsara
Erzählungen

Was machen wir jetzt?
Roman

Happy
Ein Drama

Das blaue Kleid
Roman

Mitten ins Herz
und andere Geschichten. Ausgewählt von Daniel Keel. Mit einem Nachwort der Autorin

Und was wird aus mir?
Roman
Auch als Diogenes Hörbuch erschienen, gelesen von Doris Dörrie

Kinderbücher:

Mimi
Mit Bildern von Julia Kaergel

Mimi ist sauer
Mit Bildern von Julia Kaergel

Mimi entdeckt die Welt
Mit Bildern von Julia Kaergel

Mimi und Mozart
Mit Bildern von Julia Kaergel

Amélie Nothomb im Diogenes Verlag

»Ein Nothomb-Buch ist immer: voller Anekdoten, Schwung und wörtlicher Rede. Schlau komponiert, humorvoll trocken, ein bisschen weise und sehr unterhaltsam.« *Jochen Förster / Die Welt, Berlin*

»So jung und so genial.«
Süddeutscher Rundfunk, Stuttgart

»Erstaunlich, wie profund und abgründig Amélie Nothomb erzählt.«
Christian Seiler / Die Weltwoche, Zürich

»Ein literarischer Superstar.«
Frankfurter Rundschau

»Wie herrlich kann Bosheit sein, wenn sie in guter Prosa daherkommt!« *Le Nouvel Observateur, Paris*

Die Reinheit des Mörders
Roman. Aus dem Französischen von Wolfgang Krege

Liebessabotage
Roman. Deutsch von Wolfgang Krege

Der Professor
Roman. Deutsch von Wolfgang Krege

Mit Staunen und Zittern
Roman. Deutsch von Wolfgang Krege

Quecksilber
Roman. Deutsch von Wolfgang Krege

Metaphysik der Röhren
Roman. Deutsch von Wolfgang Krege

Im Namen des Lexikons
Roman. Deutsch von Wolfgang Krege

Kosmetik des Bösen
Roman. Deutsch von Brigitte Große

Böses Mädchen
Roman. Deutsch von Brigitte Große

Attentat
Roman. Deutsch von Wolfgang Krege

Reality-Show
Roman. Deutsch von Brigitte Große